墨香古韻

經典詩詞的現代詮釋

詩籤 × 浪漫情意表達 × 家族排輩順位 × 姓名避諱典故

實用？古典詩詞在生活中的超日常客串！

李崇建
李崇樹 著

廟裡的詩籤怎麼解？古文典故看不懂怎麼辦？
寫情詩、論輩分、取姓名、表心意……
從古典詩詞的背後典故到超日常應用，讓詩意韻味精緻你的生活！

目錄

用詩詞打動孩子的心

第一章　最難忘的詩詞

為何要讀古典詩詞 ……………………………… 011

難忘的感傷故事 ………………………………… 013

陸游與唐琬的愛情 ……………………………… 020

陸游的〈釵頭鳳〉 ……………………………… 025

唐琬的〈釵頭鳳〉 ……………………………… 028

景美巷的〈釵頭鳳〉 …………………………… 031

附注 ……………………………………………… 036

第二章　廟裡的詩籤

學古文解詩籤 …………………………………… 039

詩籤靈驗的故事 ………………………………… 042

專問愛情的廟 …………………………………… 045

愛情廟的詩籤解讀 ……………………………… 049

附注 ……………………………………………… 059

目錄

第三章　詩詞表情意
信箋上的詩詞……………………………063
有心還是無意？…………………………065
愛情的告白？……………………………068
附注………………………………………071

第四章　古詩愛情祕技
詩是浪漫的表達…………………………077
大家都喜歡浪漫…………………………081
附注………………………………………085

第五章　名字中的詩詞
家譜中的排輩……………………………091
名字的避諱………………………………093
古典文學裡取名…………………………096
千樹成林…………………………………099
附注………………………………………105

第六章　詩詞的境界

熟讀經典仿如武俠人物……………………109

武林高手以嘴上功夫過招………………111

諷刺的道行………………………………113

舞文弄墨，賣弄口舌……………………115

泡茶的境界………………………………117

人生的境界………………………………118

附注………………………………………122

第七章　從遊戲中熟悉格律

火焰詩……………………………………125

悠雲白雁過南樓…………………………129

賞花歸去馬如飛…………………………132

第八章　更多有趣的詩

桃花源詩碑………………………………135

迭翠詩……………………………………137

飛雁體詩…………………………………139

火焰體詩…………………………………142

目錄

　　　　寶塔詩……………………………………… 144
　　　　迴文詩……………………………………… 146
　　　　附注………………………………………… 154

第九章　耳熟能詳與絕美的詩詞句

後記

用詩詞打動孩子的心

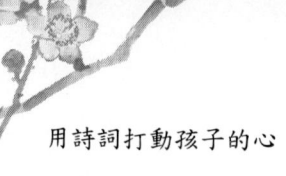

　　古典詩詞是華人重要的文化資產，蘊含著哲理、抒情與美感經驗，但是環境的變遷，使得孩子們遠離了古典詩詞。我想透過一本小書，讓華文教師探索一些可能的方向，讓古典詩詞成為孩子的一扇窗，透露典雅的生命體驗。

　　這本書的內容，是我在古典詩詞講座的內容，受大部分學生喜愛，因此想化為文字，讓有心教師觀摩，也讓有能力閱讀的孩子從不同路徑進入詩詞。

　　我記得在多所國中小的校園裡，孩子們爽朗地與我對話，毫不掩飾地笑與落淚，看著他們被文學與詩詞打動的樣貌，我心底有很多感動。還有在師生一同聆聽的場合，教師與學生可以真誠分享、互相討論一個觀點，彼此分享閱讀經驗，都令我留下深深的印象。

阿建

第一章
最難忘的詩詞

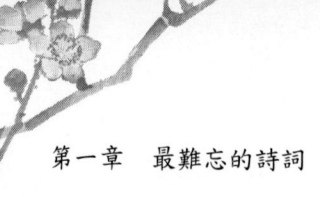

第一章　最難忘的詩詞

　　像我這樣調皮搗蛋的小孩，很少專心於學校的功課。

　　我只在乎何時可以到河裡抓魚、在巷子裡注意漂亮的鄰家女孩，或者正準備對誰惡作劇！

　　有時候你會看見我安安靜靜，那一定是躺在床上睡覺，或者一頭栽入故事書的想像世界，再不然就是默背幾首古典詩詞。

為何要讀古典詩詞

調皮的孩子看故事書可以理解，但怎麼會去背誦古典詩詞呢？

也許我覺得會背詩詞很厲害，也覺得詩詞的句子很美，莫名地就想背起來。比如說每次看到春天的花朵、秋天的月亮，我就隨口唸出：「春花秋月何時了，往事知多少⋯⋯」

我也不知道那是什麼意思？就覺得自己很懂那樣的景色、那樣的心情。

比如看到同學很憂傷，我就倚老賣老地念出辛棄疾的：「少年不識愁滋味，愛上層樓，愛上層樓，為賦新詞強說愁。」彷彿自己已經不是少年，而是歷盡滄桑的成年人。看到喜歡的女孩，我不敢搭訕、也不敢親近，但我會仰天長嘆：「此情可待成追憶，只是當時已惘然。」也不管自己唸誦詩詞時，是否和古人創作詩詞的境界相同，也不管是否誤用、錯用古詩詞，只覺得心中有一種莫名的感覺，有一種說不出口的美，或是韻味之類的東西。

那時我只是一個不寫功課、不愛洗澡的邋遢小學生，哪裡

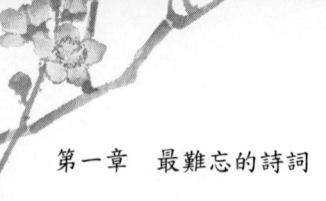

第一章　最難忘的詩詞

懂得古典詩詞的韻味？哪裡明白詩詞背後的含意？只知道耍帥、耍酷與「自爽」而已。

現在想起來，當時的模樣一定很欠揍吧！即使如此，我覺得親近古典詩詞，就是要這樣開始，而不是先死記硬背去應付考試，也不是先理解詩詞大意。如果對一首詩沒有感覺，只是要我背誦，或者要我理解，身為國小生或者國中生的我，一定痛苦不堪！又怎麼會覺得詩詞是美妙的呢？

如果你喜歡周杰倫的歌，喜歡方文山的詞，或者喜歡任何一首歌與歌詞，那一定是歌詞或者歌曲讓你有了感覺。我猜古時候的詩詞歌賦，對古人而言，一定也有這樣的特質！

為什麼要讀古典詩詞？我的理由很簡單，只是因為有感覺而已。

那感覺是怎麼來的呢？

難忘的感傷故事

　　我印象最深刻的一首詩詞，也是我第一首會背的詩詞，背後有著一段傷感的記憶，讓我終身難忘。那是關於童年巷子裡的一段故事。因為這個故事，我對古典詩詞開始有感，現在我將這個故事寫出來，也許你也會有一點感覺。

　　我童年居住的地方，是一條像蚯蚓一樣彎彎曲曲，喚做「景美巷」的巷弄。我們家住在景美巷的第三戶，住在我家隔壁的鄰居姓李，家中有一對漂亮的姐妹花，長得像天上的仙女，比我還要年長十歲。

　　姐姐李筱珩清秀動人、長髮及腰、待人溫柔、處事和善，是每個男孩心中的夢幻好姐姐。我常在巷子裡遇見她出門買菜，忙進忙出、打理家事。

　　然而小四那年暑假，我卻有一段時間沒見到筱珩的身影，她幾乎足不出戶。但我們家住隔壁，偶爾還是會聽見她說話的聲音，卻不見她外出，只有她父親或妹妹會出門買菜、倒垃圾，讓我十分納悶，到底發生了什麼事呢？

　　暑假很快過了一半，時間來到農曆7月。7月是臺灣民間

第一章　最難忘的詩詞

俗稱的「鬼月」，傳說「鬼們」都出來活動。正在水溝裡面撈大肚魚的我，突然見到筱珩姐姐長髮及腰的背影，正緩緩步出巷子外。

我好久沒見到筱珩姐姐了，趕緊趨前喚她。筱珩姐姐聞聲，突然停住了腳步，緩緩轉過身來。

在農曆7月1日，夕陽已經隱去的黃昏，夜色已經悄悄降下來了，筱珩姐姐緩緩轉過的臉龐，在黯淡的光線下，讓我心裡一驚，倒吸一口氣。

筱珩姐姐的長髮蓋住了半個臉龐，彷彿傳說中的「女鬼」。更嚇人的是，筱珩姐姐那被長髮遮住的臉龐，從髮的縫隙中看見她半邊臉頰腫脹發膿，模樣恐怖。筱珩姐姐注視著我，突然伸手將長髮撥開，一張恐怖噁心的臉呈現在我眼前，就像是布袋戲中的「黑白郎君」，半邊臉頰細緻粉嫩，半邊臉頰紅腫流膿。

我驚嚇得不知所措，卻聽筱珩姐姐說：「阿建呀！讓你看到姐姐的樣子了。別怕！姐姐只是燙傷而已。你住在隔壁，遲早會見到，習慣就好了，不要害怕。」

但是我怎麼能不害怕呢？農曆鬼月的第一天，我就撞見鬼樣子的筱珩姐姐。

筱珩姐姐說完，悠悠的轉身，在蒼茫的暮色下，步出景美

巷彎曲狹窄的巷弄，留下驚魂未定的我。不久之後，我才知道她發生什麼事了。

這得提到筱珩姐姐的妹妹，李筱莉妹妹。筱莉正值雙十年華，長得明麗動人，黑髮及肩，個性婉約，有一位在空軍當軍官的男朋友。她的軍官男友，長得英俊挺拔，風度翩翩，身穿天空藍的軍裝，彷彿將整個藍天扛在肩上，胸前還插著一支亮晶晶的派克鋼筆，因為他還是一位業餘作家。

軍官和筱莉的愛情，以一種君子之交的方式進行，沒有人見過他們兩人勾肩摟腰，甚至連牽手也不曾。

每當這對戀人踏入景美巷，便吸引所有孩子們的目光。所有的女孩，都痴情的望著軍官，喃喃地讚嘆著：「好帥喔！我將來也想要交這樣的男朋友。」所有的男孩，都羨慕的看著軍官，也紛紛讚嘆著：「好帥喲！將來也要像他一樣，當一個軍官，或者當一位作家。」

如今想來，我現在成為一位作家，也許就是受這位軍官的影響吧！

每當軍官送筱莉到家門口，都以一個標準的敬禮再見，現在看來相當迂腐，但當年可是帥得令人心碎呀！在青天朗朗的晴空下，一位忠貞呵護情人的軍官，獻上誠意無比的敬禮道別，征服了所有少男少女的心靈。

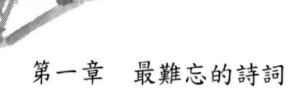

然而寧靜的景美巷，在那年夏天有了變化。熾熱的暑假，來了一位禿頭男子，生得腦滿腸肥。但吸引孩子們注意的不是他的外型，而是他手上滿滿的禮物，還有不斷從身上滲出來的臭汗，對著孩子們問李筱莉的家在哪兒？

孩子們捏著鼻子領他去了，還蹲在門外嘲笑他，順便偷聽他和筱莉爸談話。

不久，孩子們露出驚訝的表情，因為禿頭男人的目的太誇張了，孩子們紛紛叫了出來：「天呀！他是來提親的，這擺明就是『癩蝦蟆想吃天鵝肉』嘛！」

我們在門外，依稀聽見筱莉爸片段的說話：「聘金一百萬……一個月後迎娶……當然當然……沒問題。」

那時是七〇年代的臺灣，終身大事還不是太自由，需由父母決定，但是這個婚姻令人太難以接受了，怎麼可能會答應他呢？

中年禿頭肥男揩著汗，笑容滿面地離開了，沒發現我們疑惑且帶著憤怒的表情，還在他後頭吐唾沫。

「筱莉姐姐要嫁禿頭肥男了，軍官哥哥怎麼辦？」這個消息，哀傷且迅速的在景美巷孩子間口耳相傳。那天夜裡，我聽見筱莉和她爸爸劇烈的爭吵聲，證實了我們聽到的傳言。他爸爸為了一百萬，要將筱莉嫁出去，償還家中欠債。

　　我趴在陽臺，聆聽筱莉家的動靜，隨後聽見筱莉哭泣的聲音，還有筱珩的說話聲：「你就狠心一點吧！將你的臉也弄成我這樣，像陰間跑出來的鬼一樣，看誰願意娶你，那就是真愛了，若是像我一樣沒人理，一個人過一輩子也不錯！」

　　筱莉大喊：「我才不要像你這樣……！」我這才知道，筱珩臉上的傷疤怎麼來的。可能也是為了對抗一場婚姻，或是為了報復她爸爸吧！

　　農曆7月7日是東方的情人節，上午八點半，一身天空藍軍裝的軍官來到景美巷，絲毫沒有發現孩子們眼中流露著哀戚的神情。

　　筱莉家門鈴被軍官按響了，開門的是筱莉的爸爸。「筱莉就要嫁人啦！你以後不要再來找她了。」筱莉的爸爸說完，賞給軍官一個閉門羹。我幼小的心靈想：「這就是『晴天霹靂』吧！心愛的女友要嫁給別人，怎麼能接受呢？」我看到軍官愣在當下，胸前依然插著派克鋼筆，在陽光下閃閃發亮。當時晴空朗朗，萬里無雲，每個人的心靈卻布滿陰霾。

　　有些小女孩已經忍不住紅了眼眶，也有人拉著軍官的衣角，想要安慰他，陪著軍官大哥離開景美巷，看著軍官落寞的身影，多情的小女孩忍不住蹲在景美巷口哭了起來。

　　七夕的黃昏，天空一片烏雲，景美巷紛紛傳著這個令人難

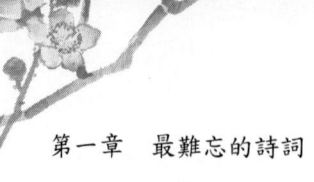

第一章　最難忘的詩詞

以接受的消息。

但是誰知道命運的捉弄，更令人悲傷。軍官離開景美巷，失魂落魄的走在橋頭，被一輛砂石車撞倒，身軀掉入河裡，魂歸西天了。軍隊的長官來到李家，告知了這個消息，送來軍官的遺物，那是筱莉送給軍官的派克鋼筆。

景美巷的孩子們，都記得筱莉聽到噩耗，從軍隊長官手上接過派克鋼筆，失控而嚎啕大哭的模樣。筱莉哭天搶地，搥打自己的頭顱，無法相信這個事實，無法想像自己錯過了軍官男友的約會，竟然釀成一場悲劇。

筱莉撫摸著帕克鋼筆，彷彿安慰著愛人的身軀，竟然發現鋼筆上刻了幾行字，筱莉唸了一遍又一遍，久久不能自已。那些字顯然是軍官離開景美巷之後，才絕望地刻上去的。

我後來才知道，那是陸游的詞，詞牌名是〈釵頭鳳〉，鋼筆上刻了上半闋：

紅酥手，黃藤酒，滿城春色宮牆柳。

東風惡，歡情薄。一懷愁緒，幾年離索。

錯！錯！錯！

筱莉大聲的說：「這一切都錯了啊！」到底是什麼錯了？我們這些孩子們都不知道。但是當筱莉失心瘋地，一遍又一遍念著這半闋詞，泣不成聲的時候，圍在他身邊的孩子們，都已

難忘的感傷故事

經會默背這半闋詞了。

　　這半闋詞到底是什麼意思呢？為何軍官離開景美巷之後，將半闋詞刻在鋼筆上，又是什麼樣的心情與意涵呢？

　　我和景美巷的孩子們，跑去圖書館翻找資料，終於找到這闋詞的故事。

第一章　最難忘的詩詞

陸游與唐琬的愛情

〈釵頭鳳〉

　　紅酥手，黃藤酒，滿城春色宮牆柳。

　　東風惡，歡情薄。一懷愁緒，幾年離索。

　　錯！錯！錯！

　　春如舊，人空瘦，淚痕紅浥鮫綃透。

　　桃花落，閒池閣。山盟雖在，錦書難託。

　　莫！莫！莫！

原來陸游寫這闋詞，關係著一段刻骨銘心的感情，那是一段悲傷的愛情故事，關於宋朝的愛國詩人「陸游」，和他的第一任妻子「唐琬」的故事。

景美巷的孩子們，翻找著這闋詞的故事，發現故事有很多版本，故事雖然並不相同，比如有的書寫陸游和唐琬是表兄妹，有的書中卻寫他們沒有親戚關係。不管是不是表親，這兩人的故事都令人感嘆，讓人聯想到筱莉和軍官的遭遇，讓人唏噓不已。

陸游與唐琬的愛情

　　陸游生於宋朝，生卒年是西元 1125-1209 年，出生第二年，女真人（金兵）攻陷北宋首都汴京。在襁褓中，陸游就經歷顛沛流離，自幼立志殺金人救國。據說陸游很聰明，武功也很好，十二歲便能寫出好詩好文，並鑽研兵書，學習擊劍。

　　但是陸游當官之路並不順利，想要收復國土的抱負也無法實現，因此當陸游喝酒胡鬧，便有人為陸游放縱輕佻的行為，找到了解釋的理由。他常喝酒鬧事，以致被同事指責，陸遊索性自號「放翁」。

　　景美巷的孩子們，聚集在圖書館翻書，對陸游的生平事跡大略了解，知道他的字是務觀，號放翁，是一位「愛國詩人」，也是中國留下作品最多的詩人，創作了一萬多首詩，和尤袤、楊萬里、范成大並稱「南宋四大詩人」。

　　原來陸游也是寫作的，也像軍人一樣有愛國壯志，這不是和死去的軍官大哥一樣嗎？景美巷的孩子們，發出了嘆息聲，因為陸游活了 85 歲，軍官大哥 25 歲就離開人世了。

　　但是景美巷的孩子們，最在意的，不是陸游的生平，而是陸游和唐琬之間的愛情，他們到底怎麼了？那半闋〈釵頭鳳〉又為何被軍官刻在鋼筆上呢？

　　陸游十九歲那年和唐琬成親，婚後的唐琬，沒有生下一兒半女，是不是因此讓陸游的母親不高興，導致陸游夫妻離婚？

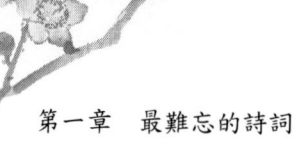

第一章　最難忘的詩詞

我們在圖書館混合著筱莉姐姐的故事討論。

到底陸游和唐琬為何離婚？景美巷的孩子們，找出各種理由：也許兩人婚後，陸游不再努力求取功名，使得陸游母親不滿意；也許陸游媽媽控制慾太強，不喜歡媳婦和兒子太恩愛；陸游的母親挑三撿四，對唐琬要求太多，不斷責罵嘮叨，使人受不了；陸游生性軟弱，母命難違，只好離婚。

但是陸游是愛國詩人，主張反抗金人，又怎麼會軟弱呢？景美巷的孩子說：「愛國和愛妻是兩件事」。有人看到書中其他故事，寫陸游媽請尼姑妙因算命，算出唐琬是掃把星，才命令兩人離婚，這個故事太像連續劇的劇情，多數孩子紛紛嗤之以鼻；景美巷的孩子們開始瞎掰新的唐琬與陸游的故事，最後都是陸游和唐琬離婚了……。

陸游離婚之後，娶了新的太太，唐琬則改嫁給趙士程。然而兩人分手十年之後的春天，陸游到紹興城外的「沈園」賞春。

春光爛漫，春意盎然，柳樹從圍牆裡伸展出枝椏，婀娜多姿的迎著春風。

徜徉在遊客如織的春光中，陸游竟然看到了一個熟悉的身影，那是十年前離婚的妻子唐琬，正有說有笑的和趙士程在小店裡吃食賞春呢！

無論他們為何離婚，十年後任誰看到這樣的情景，都會驚訝、錯愕、難過或者心神不寧吧！

景美巷的孩子們根據各種版本的故事，拼湊出 700 多年前的畫面。景美巷的女孩們痛恨陸游屈服於現實，放棄原配唐琬，她們同情唐琬，正如同她們同情軍官，因此女孩們將下面的故事到處流傳：

和丈夫趙士程飲食的唐琬，突然看到了前夫陸游的身影。唐琬整個人驚訝得呆住了，在盎然的春色中停止飲食，一杯酒拿在手上將飲未飲。

趙士程問道：「怎麼了嗎？」唐琬這才吞吐的看著前方：「我遇到前夫陸游了！」

趙士程是個寬厚重情的讀書人，不嫌棄唐琬失婚，對遭受情感挫折的唐琬，表現出同情與諒解，娶她為妻。此時面對唐琬的前夫陸游，他不但沒有吃醋或生氣，還大方的說：「你們曾經夫妻一場，拿一杯酒過去敬他吧！」

唐琬顫巍巍地端了兩杯酒，一杯遞給陸游。陸游看著嬌媚的前妻，粉嫩的手端來一杯黃酒，會是什麼樣的心情？

陸游關心地問她：「你過得好嗎？」唐琬能怎麼回答呢？丈夫在身畔，對她情深意重，點點頭表示好。

然而陸游呢？應該五味雜陳吧！他雖然早已再娶，卻道出

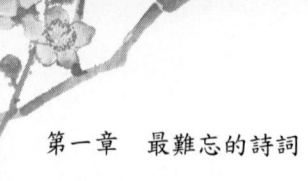

第一章 最難忘的詩詞

自己過得惆悵極了，官途不順，唐琬嫁人，怎麼會好呢？唐琬怎能表達任何意見？在浪漫的春光中，匆匆一別。

目睹唐琬離去的陸游，心都碎了。昨日情緣，已經逝去了，令人感慨萬千，若不是母親從中作梗，他和唐琬又怎麼會被拆散？母親對他們的干預，就像是春天吹來的一道冷風，打散了兩人的歡情，何等令人遺憾！讓他這幾年因分離而生的愁緒，全部湧上心頭，他感覺到這一切都錯了啊！錯了啊！但是誰錯呢？是母親？自己？還是唐琬？

陸游是個大詩人，也是個大詞人，將這樣的遭遇與愁緒化成文字，題在他們相遇的沈園牆上，就是出名的〈釵頭鳳〉。

他深沉的心境，緩緩的寫出了這闋詞：

紅酥手，黃藤酒，滿城春色宮牆柳。

東風惡，歡情薄。一懷愁緒，幾年離索。

錯！錯！錯！

春如舊，人空瘦，淚痕紅浥鮫綃透。

桃花落，閒池閣。山盟雖在，錦書難託。

莫！莫！莫！

陸游的〈釵頭鳳〉

陸游的〈釵頭鳳〉

　　紅酥手既可以指唐琬粉嫩的手，也是紹興一種高貴點心的名稱。若是指唐琬的纖纖玉手，端著黃澄澄的酒，卻已今非昔比，已經不屬於自己了啊！情何以堪？若是指點心，那是在嬉春之際，看到唐琬與趙士程，對著美好的點心與黃酒，又有何心情享用？此刻城裡春光爛漫，柳樹從牆內延伸到牆外，我卻留不住你。

　　「柳」字和「留」字聲音相似，古詩詞裡的「柳」，通常有留下的隱喻。

　　春天吹的是東風，古典詩詞裡，常用各種風向代表季節，「東南西北」風，各指「春夏秋冬」季節。「東風惡」，指的是突然吹來一陣寒冷的春風。連亞熱帶的臺灣都有俗諺「春天哪會這呢寒」、「春天後母面」和「東風惡」有異曲同工之妙。

　　古人說：「春寒料峭」。蘇東坡的詞也寫道：「料峭春風吹酒醒」，都是寫春天氣溫變換無情。

　　陸游寫的東風惡，指的是什麼呢？是自己的母親嗎？還是無情的命運？使得他和唐琬的歡情如此淡薄。他和唐琬這幾

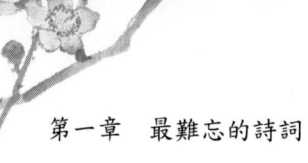

第一章　最難忘的詩詞

年分離的蕭索，在此時湧起滿腔的憂傷愁思。這一切都錯了啊……。

下半闋的詞，大意是寫：「今年的春光和往年並無不同，只是相思使人憔悴。我看見你臉上和著胭脂的淚水，溼透了薄綢的手帕。眼看桃花紛紛凋落，池臺樓閣冷冷清清。我倆過去曾經縱有山盟海誓，卻再也難以用書信表達自己的深情。別再想了！別再見面了！一切算了吧！……」。

景美巷的女孩們惱怒地說：「陸游是離婚的丈夫，寫出這樣的詞，題在牆上，那是要出人命的啊！唐琬已經嫁人了，就不能祝福他們嗎？何況趙士程又是個好人。要是唐琬看到，心裡會怎麼想呢？」

景美巷的男孩們，不像女孩以豐富的感情思考，反而很理性的分析：「陸游用什麼題的詞？是粉筆？還是一塊石頭？而且別人的牆壁，可以隨便題詞嗎？這個浪漫故事，是誰看見呢？書中還說當時牆上的詞，就被人以柵欄保護著，過了很多年後，沈園換了三次屋主，更將這闋詞用石頭刻上，真是太誇張了。而且〈釵頭鳳〉的詞牌名，在陸游以前很少人使用，他竟然能在短短的時間，想好要怎麼寫，這也太厲害了吧！書中考證〈釵頭鳳〉詞調，根據五代無名氏〈擷芳詞〉改易而成。因〈擷芳詞〉中有一句『都如夢，何曾共，可憐孤似釵頭鳳。』因此取名為『釵頭鳳』。陸游用『釵頭鳳』有兩種含意：一是和

唐琬分離之後,『可憐孤似釵頭鳳』;二是指分離前美好往事『都如夢』。據說自陸游之後,才有人大量以〈釵頭鳳〉為詞牌名。」景美巷的女孩們只關心浪漫的情事,哪裡管這些考證。

尤其這闋題在牆上的詞,竟然在日後被唐琬看到了,還真的讓唐琬失去了生命,讓所有景美巷的女生感嘆,甚至有人因此而哭。

當然,不只是女孩感傷,景美巷的男孩們也傷感不已,因為一闋〈釵頭鳳〉,關係著兩個青春的生命:唐琬與軍官。

第一章　最難忘的詩詞

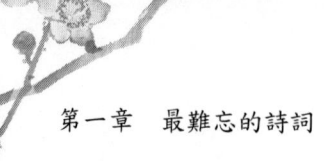

唐琬的〈釵頭鳳〉

　　唐琬一定對陸游念念不忘！否則怎會重回沈園呢？

　　唐琬舊地重返，心裡一定仍在蕩漾。當她看到陸游題的〈釵頭鳳〉，心情可想而知，不僅波瀾起伏，更有如一把刀在心間來回折磨吧！

　　景美巷的孩子們，想像唐琬看著〈釵頭鳳〉的表情，就像筱莉看鋼筆上那半闋詞的神情：絕望、哀戚、椎心、痛苦、失聲痛哭。

　　唐琬也是個才女，看了陸游的〈釵頭鳳〉，也使用〈釵頭鳳〉的詞牌，題了一首詞，這首詞對應著陸游的詞，交織出兩人的心情、命運與悲痛。景美巷的女孩們，紛紛將這闋詞背了下來，甚至一邊背誦，一邊哭著說：「我了解唐琬的心情……。」

　　世情薄，人情惡，雨送黃昏花易落。曉風乾，淚痕殘，欲箋心事，獨語斜欄。難！難！難！

　　人成各，今非昨，病魂長似鞦韆索。角聲寒，夜闌珊，怕人尋問，咽淚裝歡。瞞！瞞！瞞！

唐琬的〈釵頭鳳〉

這闋詞的意思是:「世間歡愛的感情很稀罕,因為人與人之間的情感不容易維繫,就像黃昏裡的花朵,一被風吹就凋零了。凌晨的寒風吹乾了我的淚水,還殘留眼淚的痕跡,想要將心事對人傾訴,卻無法說出來,只能獨自斜靠在欄杆上自言自語。太難了啊!心情也難過,日子也難過呀!

如今兩人已經分別了,人事已非,過去的甜蜜早已不在了。拖著想念的魂魄,心神苦痛,彷彿在鞦韆上蕩漾,恍恍惚惚。當夜深人靜時分,遠處傳來淒涼的號角聲,彷彿夜更深了。怕人詢問我失魂落魄的樣子,只好將眼淚吞下,勉強裝出笑容。隱瞞自己的心情!瞞著自己的親人!只有瞞下去啊!」

唐琬的心情應該就是這樣悲苦,就是這樣憂鬱,不久之後鬱悶成疾,一病不起,最後懷著懸念離開人世了。

景美巷的女孩們,對於唐琬的命運非常同情,對於陸游活到85歲,又納了小妾,相當不以為然。女孩們在這麼小的年紀,就哀嘆唐琬的身世,一竿子打翻了所有的男人,說男人都是薄倖郎。

景美巷的男孩們拿著書,指出陸游又寫了好幾首關於唐琬的詞,證明陸游不忘情於唐琬。但是女孩們不接受,說一切都是空口無憑,都已經來不及了。

〈釵頭鳳〉是我人生中第一首認識的詞,也是我人生中第

第一章　最難忘的詩詞

一次和同儕談論男女之情。在那個暑熱凌人的午後圖書館，景美巷的男孩與女孩，被軍官之死震撼著，被筱莉的憂愁感傷著，也紛紛被陸游與唐琬的故事打動了。

景美巷的〈釵頭鳳〉

7月7日是牛郎織女相會的日子，中國的情人節，卻也是筱莉姐姐的斷腸日。筱莉將鋼筆收存好，也將傷心的往事收攏，收束自己的行李。因為她心愛的男人已經死去了，為了父親的一百萬聘金，身為一個孝順的女兒，她絕望且灰心的嫁給禿頭肥男，遠走美國，離開這個傷心之地。

景美巷的孩子們，一提到筱莉姐姐，想到她悲傷的命運，便不免想起唐琬的〈釵頭鳳〉，想起唐琬悲戚的命運，想起〈釵頭鳳〉裡的「難！難！難！」以及「瞞！瞞！瞞！」，但是筱莉姐姐比唐琬淒慘，因為她愛的軍官身亡了，而且她嫁的男人不是深情重義的趙士程，而是以金錢買愛情的禿頭肥男，怎麼能忍受呀！

然而命運與愛情呀！經常埋伏著令人難以預料的悲傷，讓人無法捉摸。

光陰荏苒，三年的時間過去了，景美巷的孩子們，有的已經長成青少年了。隨著時光逝去，我們年齡漸長，但筱珩姐姐臉上的傷疤仍在，她的傷疤總讓人聯想到軍官，聯想到筱莉的

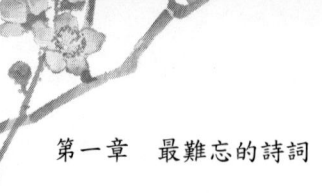

第一章　最難忘的詩詞

故事,還有〈釵頭鳳〉。

三年後的某一天,筱莉姐姐的父親過世了,她回到景美巷奔喪,我們再度遇見她坎坷的命運:禿頭肥男在美國經商失敗,又不幸出車禍身亡了。景美巷的孩子們,不會對禿頭肥男有情感上的難過。只是想到筱莉,又遭逢變故,便感到悲哀,總讓我們不由自主念著:「世情薄,人情惡,雨送黃昏花易落。」更糟糕的是,筱莉懷孕了,產檢的時候,竟然檢查出癌症末期。筱莉將孩子生下來不久便死了,我們衷心期盼她和軍官大哥哥在天堂相聚。初生的男孩子,跟著母親姓,單名一個「唐」字,景美巷的孩子們都知道筱莉的用意。傳說她在臨終前,將刻著半闋〈釵頭鳳〉的鋼筆交給筱珩姐姐,要筱珩姐姐在孩子識字之後,交給孩子保管,並且要孩子珍惜所愛。

李唐在筱珩姐姐的照顧下,日漸長大。景美巷的孩子在成長的過程中,留下一段無法抹滅的記憶,只要看見李唐,那段記憶就像幽靈一樣,緩緩的飄上心頭,兩首〈釵頭鳳〉的詞也不斷湧上來。

李唐九歲那一年,已經識字唸書了,筱珩姐姐將李唐叫過來,鄭重地將筱莉留下來的鋼筆交給他。

晴空朗朗,接過鋼筆的李唐,對著鋼筆上刻的字感到無限好奇:「紅⋯⋯」

景美巷的〈釵頭鳳〉

「紅酥手。」筱珩姐姐教他讀音。「黃……」李唐接下來又卡住不會唸了。「黃藤酒。」

「滿城春色宮牆柳，東風惡，歡情薄。一懷愁緒，幾年離索。錯！錯！錯！阿姨，這是什麼意思呀？什麼東西錯了啊？」李唐接下來一口氣唸完了剩下的詞句，仰起頭天真的問。

筱珩嘆了一口氣，半邊傷殘的臉仍見哀傷的說：「長大你就知道了。這半闋詞對你媽媽意義重大，鋼筆你要好好收著，不要弄丟了，也不要借給別人哪！知道嗎？」

李唐乖巧的點點頭，將鋼筆插在胸前的口袋，彷彿一個亮晶晶的故事。

即使時序來到八〇年代，派克鋼筆仍然相當稀罕，李唐胸前插著亮晶晶的鋼筆，對景美巷新一代的孩子而言，極其不平凡，他們都不知道鋼筆上刻著一個永恆的悲傷。

當時我已經是個青年了，曾經幾次看到孩子們要借鋼筆，都被李唐不客氣的拒絕了。只見李唐緊緊的護住筆，無論如何也不出借。

我最後一次在景美巷聽見〈釵頭鳳〉這半闋詞，關係著一個悲傷的結局。

那天晴空萬里，傳來李唐溺水的消息。筱珩姐姐急忙跑到

第一章　最難忘的詩詞

河邊，喃喃的說著：「不會有事的！我們家李唐水性很好，不會有事的。」

原來一群外地來的孩子，看到李唐身上插著亮晶晶的鋼筆，執意要借來看。李唐顯然更執意護住這個亮晶晶的故事，無論如何就是不肯給。

外地的孩子們，就這樣將李唐丟在河裡了。河水悠悠，李唐在水面上幾個起伏就消失了。幾個孩子紛紛跑走，他們淹沒了一個幼小的生命，還有一個亮晶晶的故事。

李唐冰冷的身軀被放在河畔，手中仍然握著那隻亮晶晶的鋼筆，任憑眾人怎麼掰都掰不開，這或許可以說明，為何李唐水性良好，卻溺死於河裡。眾人嘆口氣說：「太執著了，害死他了。」

直到筱珩姐姐慌張來到現場，驚慌失措的筱珩姐姐，竟然鎮定的沒有流下一滴淚。筱珩姐姐稍稍將李唐的小手掰開，一支亮晶晶的派克鋼筆立時在陽光下閃爍著。

筱珩姐姐一字一句的念著鋼筆上的句子：「紅酥手，黃藤酒，滿城春色宮牆柳。東風惡，歡情薄。一懷愁緒，幾年離索。錯！錯！錯！」

直到她唸完半闋詞，才大聲的哭泣說：「這一切都錯了啊！」

筱珩姐姐將鋼筆化成一道拋物線，丟入了河裡，隨著悠

景美巷的〈釵頭鳳〉

悠的河水沉入不知名的所在,也將景美巷的〈釵頭鳳〉沉入水底,留下永恆的悲傷。

　　當時圍繞在筱珩姐姐身旁的四個孩子,李宜隆、盧進坤、鄭吉裕與我,都深深為之震撼,不只永遠記得這個畫面,也永遠記得這闋〈釵頭鳳〉。

第一章　最難忘的詩詞

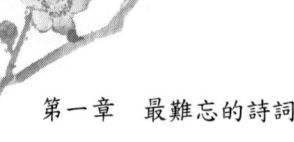
附注

　　閱讀古典詩詞最讓我享受的，是心靈有所感悟，能夠和詩詞產生共鳴。但是現代人離古人的生活、環境與用詞都非常遠，使得古典詩詞要進入孩子內心，取得共鳴，變得很困難。

　　怎麼辦呢？我運用能引發孩子感知的故事，重新包裝古典詩詞，融入詩詞的意境與原有典故，讓孩子參與、討論、了解、體悟、啟發與喜愛。我經常講述這個故事，介紹〈釵頭鳳〉，當我以40分鐘的時間講完這個故事，孩子多半已經能背上半闋〈釵頭鳳〉。當然，也不乏孩子們聽完故事後，淚流滿面。我在故事結尾，會告訴他們真相，這不是我真實參與的故事，而是我改編自李銳的長篇小說《舊址》的一段故事。李銳的《舊址》相當精采，我趁機推薦給所有學生閱讀。

　　很多孩子聽完故事，靜默不語，或者紅了眼眶，直到我揭曉答案，孩子們紛紛又氣又笑。我期望他們走進古典詩詞，穿梭虛構與真實，連結精采的詩詞，閱讀李銳的《舊址》。我和一些教師們，已經以此為方向開始著手編纂關於古典詩詞的課程，我認為這是推廣古典詩詞的方法之一。

第二章
廟裡的詩籤

第二章　廟裡的詩籤

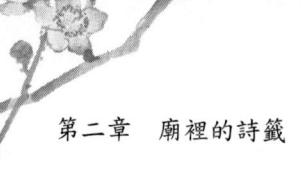

　　景美巷的孩子們，自從目睹筱莉姐姐的故事，又認識了〈釵頭鳳〉這闋詞的典故，對於古典詩詞都特別感興趣，也勇於挑戰古文裡的意思。

　　什麼叫做勇於挑戰古文裡的意思呢？比如李宜隆在書裡看到一段孔子的話：「吾少也賤，故多能鄙事。」書裡並沒有特別解釋。於是幾個小朋友聚在一起，解讀這句話的意思。

　　鄭吉裕說：「我很小的時候也很賤，所以做了很多卑鄙的事。」

　　盧進坤說：「不是吧！應該是我很少很賤，所以遇到很多卑鄙的事。」

　　大傻說：「我覺得應該是：『我家少爺也很賤，所以遇到很多卑鄙的事吧！』」

　　阿亮說：「我覺得應該是：『我很少犯賤，所以鄙夷很多事情吧！』」

　　大家各執一詞，各有各的解釋，每個人搖頭晃腦，陳述自己的見解，也接受別人的質疑。最後大夥兒去找老師解答，或者到圖書館翻書，這才知道大家都說錯了，但是大家有了學習，也有了樂趣。漸漸地，大家對古文的興趣增加了，也越來越熟悉古文的意涵。

學古文解詩籤

景美巷是一條純樸的小巷子，巷子裡的爺爺奶奶常常去廟裡求籤，籤裡的文意老人家不懂，拿給我們這些孫子輩瞎猜，鬧了不少笑話，也增加很多樂趣。

只有我爸爸，他從不去廟裡求籤，因為他不相信命運。他也不需要解籤，因為他古文很靈光，不需要透過別人解釋。

我爸爸受過苦難，認為命運都掌握在自己手裡，何必求神問卜？但是當我父親日漸衰老，每當到觀光區的廟裡，也會抽一支籤，解詩籤自娛，若是好籤，他便呵呵地笑著，若是壞籤，他便說一點兒都不靈驗。

有一件往事，讓我印象深刻。數年前，我帶父親到日月潭遊玩，86歲的父親，一時興起，想去供奉孔子、岳飛與關公的文武廟看看。他健步如飛，一下子上了階梯走到殿前，既沒有合十拜拜，也沒有求任何事物，便直接攪和籤筒，抽了一支籤。

我對父親說，「你又沒有說要求什麼？抽完以後也沒擲筊，這樣抽籤一點兒都沒用啊！」

第二章　廟裡的詩籤

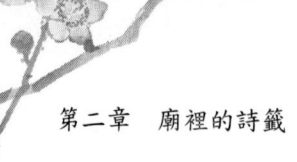

　　我父親呵呵的笑著說:「好玩唄!」他在籤筒中霍拉霍拉一陣,抽中一支 86 號籤,便走到旁邊的詩籤櫃看詩籤。只見父親看完詩籤,笑呵呵的說:「真靈,真靈呀!」我問:「什麼東西真靈呀?」父親說:「我今年 86 歲,抽到 86 號籤,而且是一支上上籤。」

　　我見詩籤上面寫著:

第八十六籤　管鮑為賈　壬己　上上

　　一舟行貨好招邀　積少成多自富饒

　　常把他人比自己　管須日後勝今朝

　　我從小在景美巷長大,熟知古文與典故。

　　這首詩籤寫的典故,是管仲和鮑叔牙的故事,他們兩人曾經一起做生意,分錢的時候,管仲分給自己比較多,但是鮑叔牙從未計較,後來管仲當上了宰相。因此詩籤裡寫的是:「一船的貨物,人人都爭著要,積少成多,自然富有。但要常為他人設想,推己及人,保證未來會比今日更發達。」

　　但是爸爸又沒求任何事!是不是上上籤又有何關係呢?

　　我的母親身材較胖,這時才走上階梯。我看她雙手合十,虔誠的向神明祈求,再去籤筒抽籤。爸爸看到媽媽抽籤,竟然又湊過去,想要再抽一籤。

　　我對爸爸說:「重複抽籤,就不靈驗啦!」沒想到爸爸轉

過頭來說:「好玩唄!」

　　只見爸爸抽了一籤,隨即哈哈大笑起來,很得意的說:「真是太準啦!我又抽到 86 號。」

　　我好笑的跟爸爸說:「你又不相信神明,管他靈不靈?」爸爸說:「好玩唄!」我見爸爸高興,心裡想著,何必讓老人家掃興呢?反正他也不計較神明是否靈驗,自得其樂也不錯。他抽到了上上籤,開開心心也是一件好事。

　　我想讓父親更開心一點,想告訴他一些神明靈驗的故事。

第二章　廟裡的詩籤

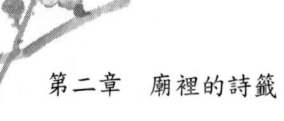

詩籤靈驗的故事

　　我記得臺灣當時發生一件重大刑案，一位少年殺手藏匿了很久，警方無法掌握他的行蹤，也無法破案。不久前少年竟然向警方投案，據說警方在案情陷入膠著之際，來日月潭文武廟拜拜求籤，竟然非常靈驗。

　　爸爸聽我這麼一說，問我：「警察抽到哪一支籤呀？」警方抽到的是：

第五十二籤　匡衡夜讀書　己乙　上吉
　　兀坐幽居嘆寂寥　孤燈掩映度清宵
　　萬金忽報秋光好　活計扁舟渡北朝

　　詩籤上的典故，是漢朝「鑿壁偷光」的匡衡，我在國小就讀過他的故事。匡衡好學不倦，讀書夜以繼日，因為家裡貧窮，晚上讀書時沒有燭火照明，偷偷將牆壁鑿了一個洞，讓隔壁鄰居的光芒能透進來，映照著書本夜讀，最後成了一個有學問的人，也當上漢朝的大官。

　　詩籤寫的詩，指的是一個人獨居苦讀，寂寞極了！每天

詩籤靈驗的故事

只有孤單的一盞燈相伴,度過艱苦的夜晚。最後「十年寒窗無人問,一舉成名天下知!」好比萬金書的佳音,傳來秋天好消息!詩籤的意思,大概表示一個人的機會到了,從前的準備並不白費,施展平生抱負的機會來了。

據說這件重大刑案發生之後,警方辛勤辦案,卻毫無頭緒,抽了這支詩籤之後一個月,少年殺手就在北部投案了。不僅應驗詩籤裡的意思,還呼應了詩中最後一句「活計扁舟渡北朝」。

當我告訴爸爸這一段故事,原以為爸爸會很高興。想不到從來不相信鬼神的爸爸,呵呵一笑說:「胡說八道。」我腦海裡浮現了一個人,很會說鬼故事的司馬先生,他曾經親身遭遇的一件事。司馬先生年輕時,很謙虛的說自己行事輕浮,不相信鬼神。一日他在南臺灣當兵,走進一座廟宇,見廟中一位綠臉的神明在上,便胡亂行了一個軍禮,走到籤筒抽籤。誰知那支詩籤竟然寫著:「對神明不敬,罰大油三斤。」意思是司馬先生對神明並不尊敬,因此要罰三斤的香油錢。

司馬先生很不服氣,心想不過隨意抽到這支籤,竟然隱含著教訓的口氣。司馬先生重新攪和籤筒,又慎重的抽起一支籤,這一回他的臉綠了,因為他抽到的還是同一支籤:「對神明不敬,罰大油三斤。」

第二章　廟裡的詩籤

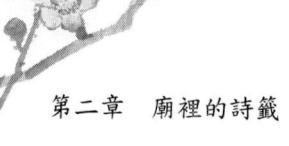

　　他有點兒惶恐，又有點兒火大，心想這一切都是巧合吧！他不信邪，將籤放回籤筒，重新攪和一番，而且攪和得特別均勻，攪和的時間特別久，並且選得特別謹慎。他千挑萬選抽中一支籤，差點兒沒暈倒，因為還是那支籤：「對神明不敬，罰大油三斤。」

　　他惶恐驚懼之下，卻也不禁懷疑，該不會籤筒裡的詩籤，都是同一個籤號吧？他將籤筒裡的籤倒出來檢查，這才看到所有的籤都各不相同。他忽然頭皮發麻，腳底發涼，籤散落在桌面上還沒收拾，便踉蹌逃出廟門。回家之後，他發高燒一個禮拜，夢見廟裡的綠臉大神站在身邊。從這件事之後，他再也不敢對神明不敬了，也更體會孔子曾經說：「敬鬼神，而遠之。」的意義了。

　　我跟父親說完司馬先生的遭遇，又補充了鄰居大傻向玄天上帝問愛情的事，大傻抽中的是：「作籤明一支，萬事不合意，罰油三斤二，應當正合理。」

　　神明借詩籤教訓大傻一頓，讓在愛情上心猿意馬的大傻，看得目瞪口呆。

　　我將這些故事說給父親聽，想讓抽到上上籤的父親更加高興，但父親竟然哈哈一笑說：「胡說八道！」

專問愛情的廟

因為爸爸一句「胡說八道！」我便想找更多例子，讓他相信詩籤有時真靈。

我想到一間非常特別的廟宇，那是一間小廟，位於東海大學後門的遊園北路，外觀簡單小巧，廟裡卻香火鼎盛。廟裡面供奉的神，不是我們熟知的神明，而是希臘神話裡的「愛神邱比特」。

更特別的是，廟裡的詩籤分成五筒，全都是我們熟悉的古典詩詞成語。為何有五筒詩籤呢？因為每一筒詩籤的來源，都各有不同，分別是：詩經筒、樂府詩筒、唐詩筒、宋詞筒與元曲筒。

假使有人對詩經有心得，求的籤來自詩經筒，那麼抽起來的詩籤可能是：「關關雎鳩，在河之洲。窈窕淑女，君子好逑。」有求於神的人，再從詩中的意思，解釋祈求的愛情問題。籤筒裡共有 99 支出自詩經的詩籤。

假使有人對樂府詩有心得，求的籤來自樂府詩筒，那麼抽起來的詩籤可能是：「青青河畔草，綿綿思遠道，遠道不可思，

第二章　廟裡的詩籤

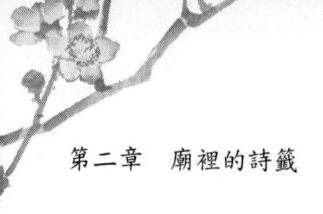

宿昔夢見之。」籤筒裡共有 99 支出自樂府詩的詩籤。

其他各種類別的詩，都是這樣以此類推。

雖然愛情廟有五種詩籤筒，但是以唐詩的籤筒最多人求問。因為籤筒的詩，都來自唐詩三百首，大家最為熟悉。我大學就讀東海中文系，也因此成為熱門科系，但不是人人搶著就讀，而是大夥兒抽了詩籤，仍然不明白其中意思，只好來讓中文系的人幫忙解讀詩籤。我因為出身景美巷，從小喜歡古典詩詞，對解詩籤又頗有心得，也成為眾人眼中解詩籤的大師。

我在體制外中學任教的時候，有一位名叫田麗麗的歷史老師，長得人如其名，頗為美麗。但也許是對愛情有特別的看法，年紀過了三十歲，仍然單身。三十五歲那一年，朋友介紹了一位任職電子業的顧姓工程師，田老師頗為心動，卻又不知道對方是否也有意思？

有一回學校開會閒聊，田老師說出熟女心中的悵惘，不知道能否和顧先生成為一對戀人？因為顧先生忙於工作，相親結束之後，竟然毫無音訊。

我邀田老師到愛神廟求一籤，田老師原本不願意，心想神明哪裡會懂凡人情愛？但隔日學校老師集體到東海開會，大夥竟然臨時起意，參觀這座小廟。

田老師在大夥兒起鬨之下，跪在愛神之前祈求愛情，抽了

一支籤,卻怎麼樣也不明白詩籤的意思?只好交給我看。

我笑著對田老師說:「這位顧先生最近就會與你聯繫,還會帶禮物給你,並且要求你帶他回家!」

田老師大笑,怎麼可能?

怎麼不可能呢?這首詩籤明明這樣寫:「故人具雞黍,邀我至田家。」

這首詩出自孟浩然的〈過故人莊〉,大意是說:「老朋友準備了待客的飯菜,邀請我到他的田園之家。」這首田園詩,除了寫出了農家生活悠閒的一面之外,也表現了老朋友對他真誠的友誼,和農家招待客人的熱情。

但田老師來廟裡求愛情,那麼字裡行間的解釋,也就有了和現實的情景產生的變化,因此我的解釋是:「姓『顧』的這個人呀!準備了禮物,邀請我一起到『田』老師家,你不是姓『田』嗎?。」

田老師學的是歷史,中文能力也頗深厚,笑著說:「你少騙人了!『故』是指老朋友!哪裡是姓呢?我和顧先生才剛認識,根本不是老朋友。『具』是指準備沒有錯,但『雞黍』指的是招待客人的飯菜,而不是禮物。『田家』指的是田間農民居住的房舍,哪裡是田老師家?你真會胡扯!」

我告訴田老師:「我在大學時代,解過無數類似的詩籤,

第二章　廟裡的詩籤

無一不靈驗。」

　　田老師也沒放在心上，只是一笑置之，完全不相信我說的話。

　　一週過後，田老師春風得意的來謝謝我：「崇建，那首詩籤真是靈驗！顧先生前一陣子到美國出差了，所以一直沒有音訊。他回來之後請我吃飯，送我在美國買的巧克力、咖啡與高級糖果，都是我愛吃的食物，還體貼地準備一份給我媽，還問何時能到家中拜訪我媽媽？真是太神奇了。」田麗麗老師最後嫁給顧先生，從學校離職，搬到臺北當貴婦去了。

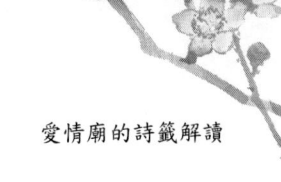

愛情廟的詩籤解讀

　　我將這一段往事說出來,父親仍舊直搖頭說:「胡說八道!」

　　我想多說無益,乾脆考考爸爸的中文能力好了。於是我列了八首詩句,這些詩句從愛情廟的詩籤中選出來,都是大學同學抽的詩籤,每一首詩的背後都有一個大學生的戀情。

a. 今夜鄜州月,閨中只獨看。(杜甫 ──〈月夜〉)

b. 朱門酒肉臭,路有凍死骨。(杜甫 ──〈自京赴奉先縣詠懷〉)

c. 多情卻似總無情,唯覺樽前笑不成。(杜牧 ──〈贈別之二〉)

d. 棄我去者,昨日之日不可留。亂我心者,今日之日多煩憂。(李白 ──〈宣州謝朓樓餞別校書叔雲〉)

e. 噫吁戲,危乎高哉。蜀道難,難於上青天。(李白 ──〈蜀道難〉)

f. 空山不見人,但聞人語響。(王維 ──〈鹿柴〉)

第二章　廟裡的詩籤

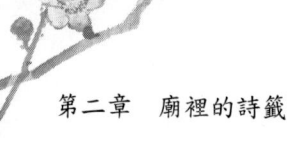

g. 忽如一夜春風來，千樹萬樹梨花開（岑參——〈白雪歌送武判官歸京〉）

h. 此情可待成追憶，只是當時已惘然。（李商隱——〈錦瑟〉）

班上的女同學小花，愛上籃球隊的帥哥阿正。但阿正喜歡搞曖昧，一下子和小花搭訕，一下子約小花吃冰，讓小花心花怒放，卻又等不到阿正更進一步的行動。中秋節快到了，月亮也逐漸趨於圓滿，男女同學們紛紛相約烤肉，小花期待阿正能夠邀約，卻等得心焦不已。於是她到愛情廟求了一籤，結果詩籤上寫著：「今夜鄜州月，閨中只獨看。」

這首詩是詩聖杜甫所作，當時杜甫因為戰亂，與家人分隔兩地，當他看到明月皎潔，反而突顯形單影隻的孤獨感。但是杜甫並不直接寫出對家人的思念，而是從妻子的角度出發，以「閨中只獨看」點出妻子一人獨自看月的孤單。

我問爸爸，小花抽到這首詩籤，能不能等到阿正的邀約呢？

爸爸呵呵一笑說：「當然等不到啊！這還用說嗎？獨自在閨房中看月亮，還能被約去烤肉嗎？」

我豎起大拇指稱讚爸爸，很會解詩籤呀！小花真的一個人獨守空閨呀！想不到爸爸以輕蔑的語氣說：「這太簡單了。」

我見爸爸解愛情廟的唐詩籤簡單作答，連忙丟擲第二個

問題。

　　阿正是我大學室友，身高188公分，長得玉樹臨風，目若朗星，是眾多女生追逐的對象。他就讀大學時，便以不斷更換女朋友聞名，讓同寢室的同學既羨慕又生氣。我當時已經二十三歲了，卻從未談過戀愛，見阿正這個花花公子從未珍惜身邊女孩，卻桃花運不斷，感到命運真不公平。

　　但是阿正也有吃不開的時候。

　　有天阿正一進門，顯得愁眉不展，室友們問阿正發生什麼事了？想不到阿正悻悻然的說：「失戀了！」

　　阿正失戀了！這個消息讓室友們全轉過頭來，紛紛關心的問：「怎麼可能？是哪個女孩讓我們家的帥哥吃鱉呀？」

　　我從室友的語氣及眼光，想到高中國文曾讀過袁枚的〈祭妹文〉裡的一段文字：「故自汝歸後，雖為汝悲，實為予喜。」文章寫的是袁枚的妹妹離婚，返回家中居住，袁枚雖然為妹妹感到悲哀，卻也為自己感到高興。

　　我感覺室友們也是如此，表面上為阿正感到難過，內心似乎都在高興著：「你也會有今天呀！」

　　大夥兒追問是誰家女孩，讓阿正心碎呢？答案竟然跌破眾人眼鏡，女主角竟是班上的小珠。小珠人長得並不漂亮，還有一點兒邋遢，頭髮油膩膩，戴在臉上的眼鏡還有點兒歪斜，阿

第二章　廟裡的詩籤

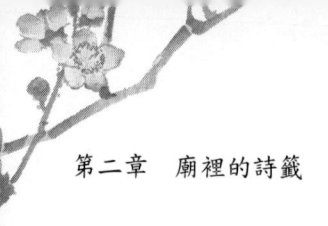

　　正怎麼可能愛上她？

　　想不到阿正說：「你們沒聽過『轉角遇見愛』嗎？愛情是無法預測的！」

　　原來阿正製作系上海報，只有小珠幫忙，阿正一時興起，約小珠出去吃飯。阿正原本只是嘴上說說，並非真心想一起吃飯，卻遭到小珠拒絕，心裡實在不是滋味，不敢相信有女孩拒絕他？真是太丟臉了！阿正接著邀小珠看電影、到公園划船、騎車兜風，都遭到小珠婉拒了。

　　阿正的心受傷了。阿正決心要去愛情廟求詩籤，看看小珠是否無法和他配成一對？同學們直斥他無聊，阿正卻嚷嚷自己完全真心，更央求我陪他去祈求。

　　阿正高大的個子，跪在邱比特的雕像前面，有點兒滑稽，又有點兒諷刺。阿正虔誠的求了一支籤，端詳了很久，唉聲嘆氣說：「我就知道完蛋了！看這首詩，根本不可能有結果嘛！」

　　阿正雖然是中文系的學生，卻每天打籃球，中文能力貧弱，怎麼讀得懂詩籤的意思呢？我拿過詩籤一看，對阿正說：「你看不懂詩的意思嗎？詩籤上擺明寫著，你這種人一定可以追到阿珠，只有我這樣的人才追不到哪！哼！命運多不公平呀！」

　　前面列了八首詩，阿正抽到哪一首詩呢？我景美巷的朋

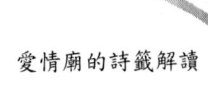

友盧進坤,聽我陳述這樣的情況,沉吟許久說:「應該是『c』吧!」

為什麼呢?

「多情卻似總無情,唯覺樽前笑不成。」這首詩是晚唐詩人杜牧所作。杜牧年輕的時候,常常流連於青樓,這首詩也似乎是寫給青樓女子,彷彿杜牧要離開某一地,和某位紅粉知己告別,離開前一夜的景況。「多情卻似總無情,唯覺樽前笑不成。」描繪了兩人相處的情況。即將分離的心情,顯得悶悶不樂,原本該多情無限,卻因為離別而感覺無情。樽是指酒杯,兩人在酒杯前面,面對滿桌美酒佳餚,卻無論如何也笑不出來啊!

盧進坤解釋,「小珠應該很多情吧!卻裝作很無情的樣子。面對阿正這個帥哥,就像是面對一桌美酒佳餚,卻笑不出來啊!」

盧進坤的字面解釋不無道理,但我反問盧進坤:「為何我說:『阿正這種人一定可以追到阿珠,只有我這樣的人才追不到呢?』」

盧進坤悻悻然說:「那只是你的抱怨罷了!」

但李宜隆說:「我認為阿正抽到 d。」

d 是李白的詩作,「棄我去者,昨日之日不可留。亂我心

第二章　廟裡的詩籤

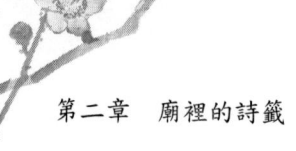

者，今日之日多煩憂」，大意是說：「背棄我而離開的，是昨天的歲月，已經不可挽回地消逝了；擾亂我心緒的，是現在的時光，引起我的煩惱和憂愁。」

這句詩表達了李白對生活不如意的感嘆，還有對汙濁政治的感受。這首詩先說「棄我去」，又說「不可留」。寫出「亂我心」，更表明「多煩憂」，都生動表現李白的心緒。

李宜隆說：「我喜歡李白。因為我們都姓李嘛！還有，這首詩寫出了阿正的心情啊！」

李宜隆說的也有道理，但是為何詩籤中寫阿正追得到小珠呢？

每次我問朋友或學生，他們都紛紛提供自己的理解與解答。如果你閱讀到這一個段落，會知道哪一首詩，才是阿正抽到的嗎？

爸爸聽了我的說詞，考慮了一下說：「阿正抽到的詩籤，應該是 b 吧！」

b 是杜甫的詩。這首詩作，大約完成於唐天寶年間，杜甫得到「右衛率府兵曹參軍」的小官，他趕著回鄉下去接回妻小，途中經過玄宗和楊貴妃正在避暑的驪山華清宮。可是他到家一看，小兒子已經餓死了！於是悲慟中，他寫了這首詩。

朱門是指紅色的大門，意指那些有錢的達官貴人，每天喝

酒吃肉，吃喝不盡就將剩下的飲食倒掉，都發臭了。但另一邊卻有挨餓受凍、飢寒交迫的窮人家，死在路邊。

這首詩看起來和愛情一點兒關係都沒有呀！但爸爸哈哈一笑說：「阿正不就是朱門酒肉臭嗎？已經那麼多女友了！還妄想小珠這樣的女孩。而你不就是路有凍死骨嗎？一直交不到女朋友呀！」

還是爸爸厲害，一語道破我和阿正的處境，b 就是阿正抽到的詩籤。因為阿正文學底子不好，只看到詩中有「臭」，還有「死」，這兩個字，便以為戀情發臭，浪漫已死，肯定追不到了。

我的答案和爸爸一樣，但阿正半信半疑。阿正聽了我的解讀，理直氣壯，死皮賴臉，拿了一朵玫瑰，敲小珠的門，當面告白：「當我的女朋友，好不好？」

聽說小珠的頭低了下來，像一朵嬌羞的百合，嬌滴滴的說：「你不要這麼直接嘛！我會很不好意思！」

阿正說：「那麼你答應我囉？」

小珠點了點頭。

想不到阿正哈哈大笑，留下了玫瑰花，頭也不回的說：「愛情廟的詩籤真是準呀！只是我根本不想和你談戀愛！」

阿正太過分了！竟然如此玩世不恭。但阿正並不知道，他

第二章　廟裡的詩籤

　　花花公子的心態與作為，終究遭到報應，只是時候未到罷了。

　　那一年冬季，東海照例舉辦聖誕舞會。阿正穿梭在舞會中，想要獵豔，遇到令他驚為天人的美女，那是一位來自臺大外文系的女孩。這位美女高雅大方，性格開朗，名字也獨樹一格，名叫「高淑蹈」。聽說這位女孩精通音樂、芭蕾與英日語。阿正這一回陷入戀愛的漩渦，瘋狂邀約高淑蹈吃飯、看電影與逛街，但高淑蹈似乎並不熱衷和阿正約會。

　　阿正在寢室裡，描述高淑蹈美麗的樣貌、多樣的才華，並且信誓旦旦的說：「這一次我遇到生命中的真命天女了。」

　　室友紛紛嗤之以鼻，不再相信阿正，反而擔心高淑蹈被阿正追走呢！

　　有了上次到愛情廟抽籤的經驗，阿正這一次決定再去愛情廟走一遭，請求愛神開示，渴望愛神賜福。

　　誰想陪花花公子求愛的詩籤呢？室友沒有人願意。只見阿正從愛情廟回來，拿著詩籤喃喃的說：「詩籤上說雖然追得很困難，但是還是追得到吧！」

　　我瞄了一眼詩籤，不禁噗嗤一笑，因為阿正抽到的詩籤，出自李白的〈蜀道難〉：「噫吁戲，危乎高哉。蜀道難，難於上青天。」這首詩很多人都背誦過，很生動的描寫蜀道的景色，還有蜀道地形的險峻。有人認為李白將人間的險惡，與蜀道艱

難進行了對比,發出對國家與生命的感嘆。

　　這首詩句裡的「噫、籲、戲」是指驚嘆聲。指的是攀爬蜀道時,因為艱困而發出的聲音,類似「唉呀!唉呀!」至於「蜀道」應該是從陝西進入四川的山路,相當險峻難行。若是將這首詩翻譯的話,應該是:「唉呀!唉呀!蜀道是多麼險峻,多麼高呀!那麼難走,比登天還難。」

　　但這首詩籤讓人覺得愛神很幽默,也很靈驗,為什麼呢?因為阿正要追的對象是高淑蹈,那這首詩籤的寓意,變成了:「唉呀!唉呀!要追這個姓高的女孩,很難呀!要追淑蹈真的很難,比登天還難!」

　　眾人看到這首詩籤,聽到我的解釋,無不哈哈大笑。只有阿正愁眉苦臉,果然沒追到這位氣質美女,還碰了一鼻子灰。

　　但阿正不久便轉移目標了,轉而去追求高淑蹈的妹妹,他的妹妹美麗、溫柔,且有才華,更重要的是,似乎對阿正頗有好感。阿正又再次到愛情廟求詩籤,他簡直求神問卜上癮了,不好好檢討自己的言行,真是捨本逐末的態度。他這一次抽到的詩籤,是豪氣干雲的邊塞詩人岑參所寫的〈白雪歌送武判官歸京〉:「忽如一夜春風來,千樹萬樹梨花開。」

　　阿正拿著詩籤,眉開眼笑的說,「這一次保證追得到啦!」

第二章　廟裡的詩籤

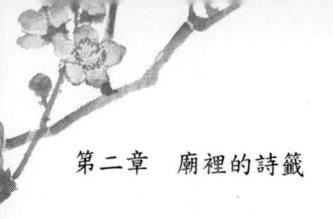

　　從這首詩籤來解讀，阿正到底追得到嗎？我爸爸聽完我講阿正的故事，只留下了一句：「那還用說嗎？」

　　各位讀者，請你也想一想，阿正抽到的這首詩籤，是在告訴阿正什麼訊息呢？

附注

　　星象、卜卦與算命一直是一般民眾感興趣的話題，
　　也是孩子們很喜歡探討的領域，很多人都有傳神的算命問卜經驗，因此我經常將古典詩詞改編成籤詩、謎語，讓學生探索與討論，重點並非標準答案，而是和學生們參與討論的過程，逐漸深入理解古典詩詞的一個路徑。

　　這篇文章，也是我經常在學校講古詩詞的方式。孩子們熟知我說故事的方式，知道我喜歡說虛構的故事，紛紛問我，故事是真是假？這故事當然是真的。我爸爸去日月潭抽籤，讓我印象深刻，其他兩個小故事，也都是我從傳媒上得知，分享給父親知道的。至於愛情廟，這間廟的創辦人頗有巧思，但不鼓勵眾人拜拜，只是鼓勵眾人多多參與詩詞，因此無法公布廟座落何處？但各位老師與同學，不妨自己設計古典詩詞的詩籤，讓眾人一起參與吧！

第二章　廟裡的詩籤

第三章
詩詞表情意

第三章　詩詞表情意

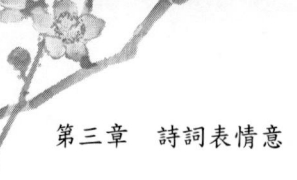

　　景美巷的孩子們，因為熟讀詩詞，又不至於食古不化，因此個個氣質出眾，俊秀飄逸，常常成為眾人目光的焦點。

　　德國作家歌德的《少年維特的煩惱》寫：「那個少年不多情，那個少女不懷春？」這些喜愛詩詞，善於運用文字的景美巷少年，情感更是透過準確的文字表達，經常是懷春少女矚目的對象。在保守的年代，少年一天一天成長，超過18歲了，牽起少女的手，花前月下，吟詩談心，既浪漫，又美麗。

　　但同樣是景美巷的少年，我走過18歲，來到24歲的年紀，卻始終未嘗愛情的滋味。

　　眼看景美巷的好友盧進坤、李宜隆與鄭吉裕幾個死黨，紛紛擁有屬於自己的感情世界，出雙入對，情投意合，無比浪漫，我不禁為自己的光棍生涯感到悲哀。

　　我是一個其貌不揚，膽子又小的男生，怎麼值得一場戀愛呢？

　　我總是暗戀，暗戀班上的女同學，編織美麗的夢想，靠著一首又一首的古典詩詞慰藉。盧進坤說：「古典詩詞讓人氣質不凡，增加生活情趣。」李宜隆說：「古典詩詞讓人文思泉湧，作文品味卓越。」鄭吉裕靦腆的說：「古典詩詞讓人愛情甜蜜，浪漫一輩子。」

　　我則悲傷的感嘆：「古典詩詞讓人情感得到慰藉，腦海浮想聯翩。」

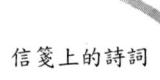

信箋上的詩詞

　　我在少年十五、二十時的年紀，沒有行動電話，也沒有普及的個人電腦，交通又不便利，朋友之間情感交流，動筆寫信是主要的情感溝通方式。因此信封、信紙便成了重要配角，彷彿代表了一個人的品味。比如信紙的顏色、氣味、圖畫、信箋的材質，還有信上頭印刷的隻字片語，都成了少男少女選擇信紙與信箋的品味。

　　信箋上常出現的繪畫，除了鉛筆素描的人物，還有鉛筆素描的山水、植物、小橋流水、一方扁舟，帶有濃濃的意境，傳達寫信人的心靈。

　　比如泛黃的信箋，畫著一方扁舟，上頭寫著：「野渡無人舟自橫」，給人一種幽靜、惆悵、憂愁的美感，讓買信箋的人平添幾許情趣。

　　比如粉藍或粉紅的信箋，發出淡雅的幽香，畫著一幅側著臉的清秀仕女圖，上頭題字：「才下眉頭，卻上心頭。」將少男少女思念的情愫，傳神表達出來。

　　比如素樸的信箋，散發出古樸的氣息，畫著一叢秀麗的

第三章　詩詞表情意

　　花，上頭寫著：「因風吹過薔薇」，道出了某種寂寞的理由，只有買信箋的人知道。

　　比如草青色的信箋，有一種生嫩青澀的氣味，畫著一堆城牆，或者一枝柳樹，上頭寫著：「青青子衿」將學子們青澀歲月與純真心靈，精準傳達出來。

　　一般而言，購買信紙時，會特別在意信上的題字，一來更準確的表達寫信人的情意，二來避免產生誤會。比如寫信給爸媽，會選擇中性的信紙，如航空信紙，或者十行信紙，不會選擇別有情意的題字。寫給自己在乎的人，就會對信封與信紙精挑細選了。

　　但也有意外的時刻，比如男生寫信給男生，使用的信紙上印著：「春蠶到死絲方盡，蠟炬成灰淚始乾。」肯定會讓收信人捏一把冷汗，揣想著寫信的人到底是無心？還是個同志？

　　也有相反的情況，若是男生收到心儀女孩的信，但雙方都未曾表白，信箋上頭印刷著：「身無綵鳳雙飛翼，心有靈犀一點通。」便會使收信人臉紅心跳，浮想聯翩。

　　我也收過一位女孩的來信，信紙上頭印刷的詩詞，讓我鼓起勇氣約她，準備邁向人生第一場愛情。

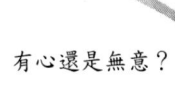

有心還是無意？

　　事情是這樣的：我就讀的中文系，男女生的比例是五比一，美麗的女孩眾多，但是沒有一個女孩屬於我。我非常欣賞一位女同學小卿，長得五官清秀，皮膚黝黑，而且衣著樸素，氣質出眾。我喜歡這樣素樸內斂的女孩，總是在班上痴痴地看著她，卻從來不敢告訴她。

　　她家住臺北，考入臺中的東海大學，和我成為同學，真是「有緣千里來相會」，卻不知道能否成為「有情人」？心中妄想最好能「終成眷屬」，然而這一切都是我的幻想，不知道何年何月才能實現？

　　有一天我的機會來了。小卿生病了，持續發燒一個星期，一直不見好轉。生病的女孩特別想念家，她想要回家養病。

　　中文系的同學感情很好，小卿的室友們不放心她獨自回家，想要找一個人護送她回臺北，但誰能送她回去呢？

　　這個人就是我。我膽小的心靈，剎那間充滿靈感，告訴同學們，「我剛好要去一趟臺北哪！小卿需要我陪她一程嗎？」

　　我的「剛好」要去臺北，顯然是要陪小卿回去，只是這個

第三章　詩詞表情意

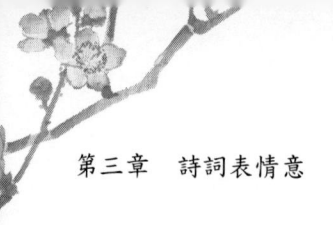

祕密無人知曉。

　　小卿的室友們紛紛叫好,「那太巧了,崇建剛好可以陪她坐車。」

　　我那時才知道,很多巧合都是創造出來的,但無論如何,我可以送心儀的女孩回家,那是天底下最幸福的事。

　　我陪著小卿搭莒光號北上,那是我大一生涯最幸福的時光了,和小卿聊著詩詞歌賦,聊著景美巷少年的心事,聊著自己為何考上中文系,小卿興味非常的聆聽著。

　　愛因斯坦說:「坐在火爐五分鐘,就像一個小時那麼久。坐在美女身旁一小時,就像五分鐘那麼短暫。」

　　莒光號三個小時的車程,對我而言卻像一分鐘一樣短暫,因為身旁有美麗的小卿陪伴。

　　我送她到臺北車站,目送她和家人離去,才戀戀不捨地搭國光號的夜車返回臺中。

　　幾天之後,小卿痊癒返校了,寫了一封信給我,隨信還附了一條巧克力。

　　我猶記得自己顫抖著雙手,緩緩將她精緻的信箋打開,她清秀的字跡,便展現在我的眼前。

崇建兄：

　　謝謝你送我回家，讓我覺得很溫暖。現在我的病已經好了，隨信送你一條巧克力，表達我深深的感謝。願安好。

妹　小卿　敬上。

　　這封信我看了無數次，心中五味雜陳，既歡欣又惆悵。我為她寫信給我感到歡喜，但為她稱呼我為「兄」，她自稱「妹」感到憂傷。我想當她的男朋友，不想當她的哥哥，雖然「兄」、「妹」是當時寫信常見的稱謂，但像我這樣的有心人，總會胡思亂想。

　　但是當我將信欲收起來，卻瞥見信紙後面印刷上去的一闋詞，那是李之儀的〈卜運算元〉：

　　「我住長江頭，君住長江尾，日夜思君不見君，共飲長江水。

　　此恨何時休？此水何時矣！但願君心似我心，定不負相思意。」

　　我看到這闋詞，心頭大為震動，心想她是有心？還是無意呢？她竟然選這樣的信紙寫信給我，這簡直就是一首告白感情的詞呀！我的心狂亂跳動，久久不能自已。

第三章　詩詞表情意

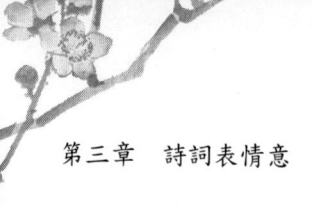

愛情的告白？

　　這闋詞的作者李之儀是一位男性，但詞中的主角是一位深情的女子，她的心上人與她各住一方，不常相見，但女子情思綿綿，愛意深深，無止無盡。

　　我和小卿就讀東海大學，她住女生宿舍，我住男生宿舍，彷彿住在東海的頭和尾，就像是長江頭與長江尾，和那闋詞不謀而合。

　　她和我雖屬於中文系，但共同上課的時間不多，這不正是：「日夜思君不見君，共飲長江水。」原來她是這麼想念我？直接告訴我不就好了嗎？我也非常思念她呀！

　　詞裡寫：「此恨何時休？此水何時矣！」這個思念的情感什麼時候會停止呢？詞裡面自問自答：「永遠不會停止，除非長江的水乾枯了。」換成我和小卿目前的情況比喻，就是意味著除非東海大學垮了，否則她會一直想念我。但東海大學怎麼會垮呢？就像長江永遠不會枯竭，這表示她永遠都會想著我。

　　這闋詞的最後表白，彷彿是小卿對著我告白：「期望那個意中人的心思和我一樣，那麼我一定不會辜負你的思念。」

愛情的告白？

看到這闋詞，我的心靈能不震盪嗎？簡直歡喜得上了天堂。但我是個膽小鬼，遲遲不敢展開行動，只能拿著信反覆咀嚼，暗自激動歡喜而已。

我將這封信拿去問景美巷的夥伴，我想確認最後的答案。

李宜隆說：「這女孩當然喜歡你呀！那闋詞就是證明，哪有中文系的女孩，會故意用這樣的信紙，寫信給毫無關係的人呢？勸你趕緊行動吧，約她吃飯、看電影、散步或者划船都好，要積極一點兒。」

但是小卿的信為何不寫明白？那麼客氣的稱兄道妹呢？除了信紙上印刷的那闋詞，信裡沒有提到任何對我有好感的字句呀！

盧進坤說：「女孩子就是含蓄呀！她使用那樣的信紙，已經是最好的表白了，這樣還不夠明白嗎？快點兒行動吧！」

鄭吉裕笑著說：「你不會用印著『愛』的信紙寫信給我吧！你也不會使用印著『恨』的信紙寫給愛人吧！」

三位景美巷好友給了我最大的勇氣，追尋人生的第一場愛情。我終於鼓起勇氣，打電話約她看電影。

聰明的讀者們，小卿對我有沒有好感呢？是否對我有情愫呢？她會答應我的邀約還是拒絕我呢？

女孩的心思真難懂，比古典詩詞還要難上一百倍。因為

第三章　詩詞表情意

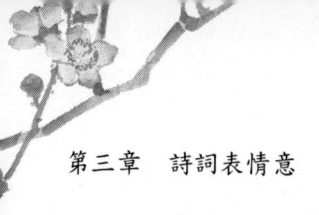

　　當我戰戰兢兢約她,她大大方方,找了個婉轉的理由,拒絕我了。

　　至今20個年頭過去了,我仍在思索,她是不是不懂那闋詞的意思呢?

附注

　　這篇文章是我生命中真實發生的狀況，我曾經儲存這封信與巧克力包裝紙，長達 20 年之久。我常在上課時展示給學生看，最後不知道放在哪兒了？

　　愛情常讓人有憧憬，也是古典詩詞中很常見的主題，運用愛情的主題，融入現實的情境，也是讓青少年進入詩詞的一個路徑。

第三章　詩詞表情意

第四章
古詩愛情祕技

第四章　古詩愛情祕技

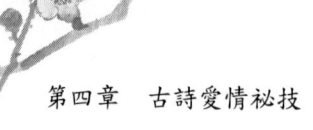

　　景美巷的玩伴盧進坤告訴我，愛情這玩意兒，像玩電腦遊戲一樣，有祕技可以使用。

　　什麼祕技呢？盧進坤神祕兮兮的笑著，並不馬上回答我的問題。他一邊開啟電腦的網頁，瀏覽知識欄目各種千奇百怪的問題，最後網頁停留在知識的「最佳解答」。

　　盧進坤笑瞇瞇的說：「你發現了嗎？這些都是我獲選的最佳解答，總共有 58 個，很酷吧！」

　　這是什麼愛情祕技呀？看著盧進坤展示的網頁，我非常困惑，仔細看網友們的問題，都和作詩有關：

　　「各位大大，請用晴文兩個字，幫我寫一首古詩，要浪漫一點，下禮拜情人節時要送給我女友。」

　　「請各位有文學素養的朋友們，可以幫我寫一首情詩嗎？以我女朋友的名字來命名，我女朋友名字叫做薇渹。」

　　「可以幫我寫一首古詩嗎？詩裡要有『怡』和『華』這兩個字。謝謝！」

　　「我朋友生日到了，我想寫一首詩給她，詩裡面要有『永柔』兩個字。」

　　「各位大大，我剛認識一位女孩，對我來說，那是很浪漫的夜晚。感覺上那個女孩和我早已相識，我想寫一首詩送她，她的名字叫做『圓梅』，希望詩裡有她的名字。」

我看到盧進坤寫的其中一首詩：

心拋九霄悅

全然樂不為

巧機逢舊識

圓月映芳梅

　　這個點子還真有意思，虧盧進坤想得出來。我嘲笑他：「這是什麼爛詩呀？還押韻呢！應該一分鐘就寫出來了吧！」

　　盧進坤是個有意思的人，聽了我的嘲弄，也不生氣，反而正經的說：「的確是一分鐘就寫出來，但是每一首都是『最佳解答』。還有人花錢請我寫呢！因為有好多網友告訴我，一首詩就能追到心儀的女友了。」

　　真的嗎？真是太令人驚奇了，愛情也有最佳解答嗎？

　　我仔細看盧進坤這首詩，詩意斷斷續續，不甚完整，但可以看得出來是說：「一顆心喜悅極了，什麼事都不想做，彷彿拋到九霄雲外去了。因為在一個巧合的機會下，和一位老朋友相遇，當晚明月正圓，映照著芬芳梅花。」

　　女孩子的名叫「圓梅」，因此詩中嵌入「心悅全為巧識圓梅」八個字，討圓梅歡心。竟然幫網友用這種方法追女友，虧他想得出來。

第四章　古詩愛情祕技

　　盧進坤告訴我：「這是網友的要求嘛！而且還不少人呢！因為詩是一種浪漫的表達，不要以為這個時代的人不需要詩，開啟網頁才知道這麼多人對詩有興趣，只是教導詩的人太死板了。」

　　照盧進坤所說，我應該可以追到女朋友才對呀！寫這樣的詩太簡單了吧！

詩是浪漫的表達

　　盧進坤的方法太好了，但是我仍然沒有勇氣寫詩追女友，一分鐘就能寫出來的詩，實在太廉價了，我無法送給心儀的女孩，我認為愛情是無價的。但是對於大多數人而言，詩是一種表達感情的工具，代表的是浪漫、氣質、朦朧與美感，能讓人心靈激發羅曼蒂克的想像，間接讓愛情發酵。

　　學會了這種方法，我覺得有趣極了，但是我沒為自己心儀的女孩寫情詩，卻為好朋友捉刀寫情詩，不僅促成了一對「怨偶」，還衍生出荒謬絕倫的故事。

　　故事的男主角是我的鄰居阿邦，他熱烈追求一位女孩「香君」，卻始終沒變成情侶。阿邦困惑的告訴我，「我不曉得她對我的感覺？有時候約她吃飯，她答應了。有時候約她看電影，她卻拒絕了。過了幾天之後，她竟然約我去逛街。我真搞不懂她在想什麼？唉！女人心，海底針。」

　　我聽了阿邦的遭遇，甚感同情，能理解少男對於愛情的困惑。

　　阿邦接著說，「今天是香君的生日，我買了一束她最喜歡

第四章　古詩愛情祕技

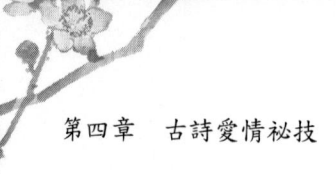

的蓮花，晚上幫她慶生，你覺得我要不要趁機向她告白呢？」

阿邦這可問錯人了，我一點經驗都沒有呀！但剎時間，盧進坤教我的愛情祕技浮現腦海，一首詩便在我腦海成形了。

「我幫你寫一首詩吧！獻給香君，應該可以催化你們的愛情。」

阿邦吃驚的說，「你會寫詩？真的假的？現在已經下午三點了，我六點就要和她見面了，怎麼來得及呢？」

我篤定的告訴阿邦，「你給我一分鐘，我就給你全世界，快去買一張生日卡片吧！」

我僅僅花了一分鐘便寫好了一首「情詩」。

愛深情卻之，

護爾似琴心。

香蓮情雋永，

君意竟何存？

阿邦拿著這首詩，向我問明「卻」、「爾」、「琴心」、「雋永」、「竟」是什麼意思？我簡單說明這幾個字分別是「退」、「你」；「劍膽琴心」是古時候文人身邊最喜歡的寶貝，現在多用來比喻既有情致，又有膽識；「雋永」是甘美而意義深長，耐人尋味；「竟」則是究竟。

詩是浪漫的表達

　　阿邦聽完之後，彷彿得了武功祕笈，歡天喜地的和香君慶生去了。

　　這首詩的大意是：「我對你的愛非常深，心靈卻很脆弱，因為深怕被拒絕。但是我很愛護你，就像愛護身邊最喜歡的寶貝一樣。如今，我送上一朵芬芳潔白的蓮花，代表我對你純潔的愛情，不知你的心意，是否願意成為我的女友？」

　　阿邦回來以後，面露喜孜孜的表情，得意的告訴我，「成功了！」

　　「香君看得懂這首詩嗎？」

　　「我也不知道，反正她答應和我談戀愛就行了。她一看到這首詩，竟然驚訝的說：『你會寫詩呀？』我要她看仔細一點，她竟然驚訝得合不攏嘴，因為她看到了『愛護香君』四個字。我再讓她看仔細一點兒，她眼眶就紅了，因為她看到『愛護香君之心永存』八個字了。這個時候，她就依偎在我懷中了，詩的力量真是太大了。所以她看得懂那八個字就好了，其他的意思就不重要啦！因為詩已經代表我的氣質啦！」

　　阿邦呵呵的笑著，還不忘提醒我，「千萬不要說出那首詩是你寫的呀！那我就完蛋了。」

　　我點點頭答應阿邦。而阿邦為了保守祕密，竟然不讓我認識香君，深怕消息走露，愛情毀於一旦。

079

第四章　古詩愛情祕技

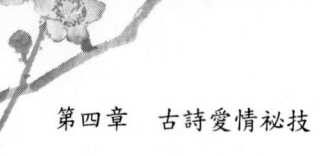

　　但是阿邦沒料到，香君被這首詩感動了，請朋友將這首詩寫成書法，掛在家中牆上，見證阿邦對她的愛情。香君喜歡邀人到家中坐，喜歡得意的向人解說那首詩的故事，卻衍生出另一段糾紛。

大家都喜歡浪漫

　　阿邦有位朋友阿冠,得知阿邦寫了一首詩,贏得美人歸,始終不相信阿邦能寫出浪漫的詩句。阿冠再三逼問阿邦,也逼不出真相,阿邦將那首詩完整背誦出來,也完整解釋一遍,阿冠還是不相信。但是阿冠從那首詩,悟出了自己的「愛情之道」。

　　阿冠也在苦苦追求一份愛情,他喜歡的女孩名叫「如君」,跟香君剛好差一個字,於是他將這首詩改了一個字,變成:

愛深情卻之,

護爾似琴心。

如蓮情雋永,

君意竟何存?

　　如君看到這首詩的反應,和香君幾乎相同,立刻愛上阿冠了。

　　哪個少女不多情?哪有少女不浪漫?如君也和香君一樣,將這首詩牢牢記掛在心裡,並且拿了一方手帕,將這首代表浪

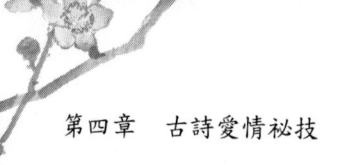

漫愛情的詩繡在上頭，隨身攜帶，見證她珍貴的初戀詩篇。

　　阿邦和阿冠本是好友，他們的女友自然也成了好友，彼此聊天聚會，一起談心，也一起逛街。她們並不是聊到彼此的愛情，而是她們見證彼此珍貴的愛情，竟然如此相似，如此不可思議，而雙雙大發雷霆。

　　事情是這樣子的，香君邀如君到家中作客，如君一進門便被牆上書法寫成的詩震懾住了。如君驚訝的說：「這首詩……」

　　香君以為如君和一般來訪的客人一般，對詩的故事感到好奇，對嵌入名字的情詩感到浪漫。事情恰恰是顛倒的，如君對這首詩的驚訝，不是驚喜，而是恐懼與憤怒，她驚聲說，「這首詩……你怎麼會有這首詩？」

　　香君以為姊妹淘很羨慕呢！得意的說：「我男朋友阿邦寫給我的。」

　　想不到如君尖叫著說：「阿邦怎麼可以偷阿冠的詩？這首詩是阿冠寫給我的，原本是『如』字，被阿邦改成『香』了。」

　　香君也大驚失色，大呼：「怎麼可能？」如君拿出那方手帕，展示阿冠寫的那首詩，姊妹淘因此急忙召喚彼此的男友，質問這是怎麼回事？阿邦與阿冠急急忙忙來到現場，只能頻頻說這是巧合，誰也不敢說出真相。

　　阿邦事後告訴我，「後來我們就這樣分手了，想不到因為

一首詩追到香君,也因為一首詩失去她,真是不可思議。而最不可思議的,還是詩的力量,想不到這麼簡單就能擁有愛情呀!所以我現在開始讀詩了,改善自己的氣質,而且我還將你的詩改編,運用不同女孩的名字,都很成功耶!」

什麼意思呢?阿邦解釋:「只要將後面的名字,改成我想追的女孩名字就行啦!

比如我前一個女友,名字叫『秀卿』,我就將詩改為:

愛深情卻之,

護爾似琴心。

秀麗情雋永,

卿意竟何存?

比如我現在的女友,名字叫做『怡君』,我就將詩改為:

愛深情卻之,

護爾似琴心。

怡人情雋永,

君意竟何存?

反正怎麼改都可以啦!重點是將愛情和詩扯上關係,愛情就可以輕易獲得啦!想不到詩的力量這麼強大,我現在也努力讀詩囉!」

第四章　古詩愛情祕技

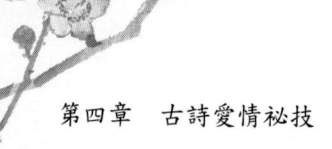

　　聽到阿邦的一番話，我不知道該哭，還是該笑？但詩的確是浪漫的表達，而人人都喜歡浪漫。難怪盧進坤在知識網頁上，需要幫這麼多人寫這樣的詩呢！原來那是一種浪漫，也是一種心意的表達呀！

附注

　　這個看似荒謬的故事,卻千真萬確發生在我青少年時期。最令我感到不可思議的是,詩的力量如此巨大,因此每當我點入雅虎奇摩的知識,看到眾多男生為女友的名字求古詩,我便感到古典詩詞還擁有巨大的影響力。每當我講這個故事,男生們紛紛湧上來,央求我為他們寫一首情詩,也就說明古典詩詞還有吸引學生的魅力。

　　這樣寫詩的方法,經常有人戲作,比如豐子愷先生曾經寫下這樣的詩:

新豐老翁八十八,
兒童相見不相識,
愛閒能有幾人來,
古來征戰幾人回,
詩家清興在新春,
能以精誠致魂魄,
記拔玉釵燈影畔,

第四章　古詩愛情祕技

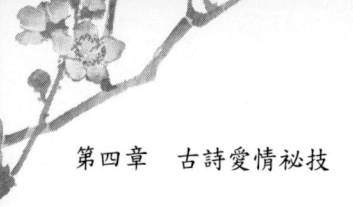

幾人相憶在江樓，

千家山郭盡朝暉，

首陽山上訪夷齊。

這首詩的第一個字連起來讀，「新兒愛古詩，能記幾千首。」

新兒，指的是豐子愷的兒子豐新枚。

豐子愷曾經因為被審查，暫時沒有發生事，又不方便直接告訴家人，因此寫了一首詩，將想報平安的幾個字，嵌在詩裡面，我用粗體字突顯出來：

看花攜酒**去**，

攜**來**朱門家，

動即**到**君家，

幾日喜**春**晴，

冷落清秋**節**，

可汗**大**點兵，

莫得**同**車歸，

死者長已**矣**，

玄鳥殊安**適**，

客行雖雲**樂**，

看出來了嗎？豐子愷先生嵌入了：「看來到春節，可得長安樂。」

　　這個時代威權減少了，人們不需要用這種方法寫詩了，但是在我學生時代，也有同學用這種方法表達對學校的憤怒、對老師的不滿、對同學的愛戀，往往讓人讀了以後會心一笑。

第四章　古詩愛情祕技

第五章
名字中的詩詞

第五章　名字中的詩詞

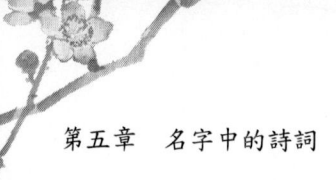

　　景美巷的孩子們，為何對古典詩詞這麼感興趣呢？除了古典詩詞精彩的故事、讓人浮想聯翩的情感、增加人的生活情趣、使人有氣質、提升追女朋友的成功率，還有運用在生活中的詩詞常識。

　　古典詩詞和生活有什麼關係呢？比如我的好朋友盧進坤，他的名字便和杜甫的詩有關。

家譜中的排輩

古人重視輩份，大家族開枝散葉，或者同一門派遍布各地，如何辨別彼此有親戚關係？或者同門關係？如何了解自己的輩份？

從名字中的排輩便可知道。

通常「字輩」放在中間，也有放在最後面，作為名的其中一個字，字輩可以區分輩分，因為不同輩份的字輩不同。

比如金庸的武俠小說《倚天屠龍記》中，峨嵋派的掌門人滅絕師太，便是「滅」字輩。從滅絕師太以下的弟子，便分了「靜」字輩、「文」字輩。因此滅絕的弟子有「靜玄」、「靜虛」、「靜閒」……，再下一輩有「文方」、「文音」、「文清」。只要看他們的「字輩」，便知道輩份。在金庸的武俠小說中，少林派、武當派、崑崙派……各門各派都看得見這些排輩。

日常生活中的名字也有排輩。

比如我的名字叫做「李崇建」，弟弟的名字叫做「李崇樹」，堂弟的名字叫「李崇暐」，便是「崇」字輩。

第五章　名字中的詩詞

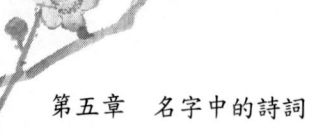

　　字輩一般會使用含意好的字，編成四言或五言詩，表達幸福吉祥或家門之風，讀起來順口、押韻，方便同家族的人記誦。

　　比如我們家族的排輩是四言詩：「志在道德，忠孝永傳」。

　　我的父親名字是「李德浩」，叔叔是「李德澤」，堂叔是「李德顯」、「李德政」、「李德光」，都屬於「德」字輩。我的爺爺名為「李道彰」，叔公是「李道璽」、「李道三」，都屬於「道」字輩。

　　那我為何不是「忠」字輩，而是「崇」字輩呢？

名字的避諱

過去的人很重視名字，不可以隨便將長輩的名字掛在嘴邊，也不可以取同樣的名字，那是一種忌諱。

因此古人會背誦自己家人，還有好朋友長輩的名字，避免不小心犯了忌諱。

比如父親的名字裡有個「來」，那平常說話便要避開這個「來」字，以免對父親不敬。

如果要說「我回來了！」怎麼辦呢？那就要改成：「我回家了！」、「我到了。」、「我進門了。」

那不是很麻煩嗎？的確很麻煩。尤其是古代君主集權的年代，更是麻煩。例如唐高祖李淵的祖父名「虎」，李淵拿下天下，唐朝初年「虎」字成諱，不許說、不許寫，將以前便溺的容器「虎子」，一律改稱「馬子」，也許我們現在稱「馬桶」，就是這樣來的吧！

而個人為了尊敬祖先，也不能使用祖先的名字。比如司馬遷的父親是司馬談，因此，司馬遷在寫《史記》一書中，沒有使用任何一個「談」字，那史書中有人也叫「談」字怎麼辦呢？

第五章　名字中的詩詞

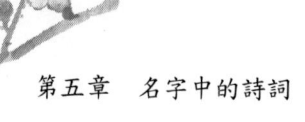

就幫那個人改名字吧！比如《史記》中有個人叫做趙同，本來的名字叫趙談，因為和司馬談同一個「談」字，所以司馬遷擅自更改了他的名字。

宋朝文豪蘇東坡的祖父名蘇序，因此蘇東坡為人寫「序」，便不稱「序」，而稱為「引文」。

這些避諱，都是為了尊敬先人，還成為法律明文記載。比如唐朝的法律規定：官職的名稱或就任地若是犯了父祖的諱，那就不得當那樣的官。例如父祖中名叫「陽」，就不可以在洛陽任職；父祖名中有「常」，不得任太常寺官職。如果隱瞞了應該「避諱」的事實，接受了官職，只要被查到，便會被奪去官職，還要判一年的徒刑。

據我所知，古代有一位大詩人李賀，便是一位倒楣的「受害者」。這位詩作想像豐富，被稱為「詩鬼」的大詩人，寫下「雄雞一聲天下白」、「少年心事當拏雲」、「天若有情天亦老」等千古佳句，雖然在唐詩三百首找不到他的詩，卻讓景美巷的少年朗朗上口。

李賀有多倒楣呢？他 20 歲那年，到長安參加進士考試，卻被取消考試資格。原因是他父親名為「晉肅」，與「進士」同音，因此冒犯父名，而被取消考試資格，真是倒楣到了極點啦！

說到這裡,就知道我的名字為何不是「忠」字輩了,因為某位長輩的名字有「忠」,因而「避諱」,經由族長決議改「忠」為「崇」字。

但是問題來了,我的大舅爺名字有個「崇」字,因此父親將大哥的排輩改為「宗」字,將「崇」字上面的「山」去掉了。我的大哥名為「李宗唐」,二哥名為「李宗虞」。

我大媽過世之後,父親飄洋過海來臺灣,娶了我的母親,生下三哥名為「李宗夏」,但是我三哥早產,又沒錢住院,因而出生不久便夭折了。

我是父親第四位兒子。因此猜得出我的名字應該叫什麼嗎?

我應該叫做「李宗商」,弟弟應該叫做「李宗周」。除了家族排輩之外,爸爸將「唐、虞、夏、商、周」幾個朝代排序變成孩子的名字了,還真方便呀!

但是當我出生時,爸爸期望我「重建」家園,而且原本避諱大舅爺名字,和我沒有直接的關係,因此將「宗」字改回「崇」字,我便成了「李崇建」。

第五章　名字中的詩詞

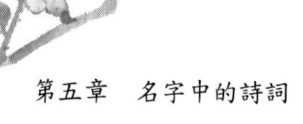

古典文學裡取名

　　景美巷的老友盧進坤，祖輩搬到優美的洞庭湖畔，因此他們家的排輩使用杜甫的詩「登岳陽樓」做為排輩：「昔聞洞庭水，今上岳陽樓。吳楚東南坼，乾坤日夜浮。」這首詩的大意是：「從前聽人家說洞庭湖風景很美，今天我終於登上岳陽樓；廣闊無邊的洞庭湖水，劃分開吳國和楚國的疆界，無論白天或夜晚，天地間的萬物都在廣闊的湖面浮動著。」

　　因此盧進坤的「坤」字，便是排輩來到「乾坤日夜浮」的「坤」字了。他的父親是「乾」字輩，祖父是「坼」字輩，但是令他傷腦筋的是，他的孫子應是「夜」字輩，這可考驗他取名字的功力啦！

　　一般人也常從古典詩詞裡變化出名字來，比如我的好朋友：散文家徐國能，他女兒的名字「慕鷗」，便與杜甫的詩有關，因為杜甫的詩裡面寫了很多的「鷗」。我另一位朋友，因為他父親喜歡詩經，因此將他取名為「李關雎」，當然是出自：「關關雎鳩，在河之洲；窈窕淑女，君子好逑。」還有一位姓陳的朋友，名字很有趣，名為「陳青杏」，因為他爸爸喜歡蘇東

古典文學裡取名

坡的蝶戀花:「花退殘紅青杏小⋯⋯天涯何處無芳草。」

還有一位朋友名叫「陳照青」,這個看似簡單的名字,卻出自大家耳熟能詳的詩人王維〈鹿柴〉:「空山不見人,但聞人語響。返景入深林,復照青苔上。」

不只是人的名字,文人雅士為書齋取名,也會引用古典詩詞。比如 20 世紀有名的畫家張大千,畫室取名「大風堂」,是張大千和哥哥張善孖兩人共同使用的堂號。據說張大千住在上海時,收藏明朝張大風的〈諸葛武侯出師表〉,他愛不釋手,而哥哥張善孖又喜愛漢高祖劉邦,尤其喜歡劉邦寫的那首〈大風歌〉:「大風起兮雲飛揚。威加海內兮歸故鄉。安得猛士兮守四方!」所以張大千用「大風堂」作為畫室之名。

一般商店取名,也常見古典詩詞。巷子口開了家紅茶店,用的是詞牌名「水龍吟」,除了有聯想力之外,也有附庸風雅的意味。

我一位學妹,開了一家茶館叫做:「人澹如菊」,取名自唐代詩人司空圖的詩:「落華無言,人澹如菊」。一進入茶館,便能感受到這首詩的意境,感受到主人想要傳達的意念。

我自己開了一家作文班,名為「快雪時晴」。〈快雪時晴帖〉是晉朝書法家王羲之寫的一帖行書,雖然只是便帖,卻被清朝的乾隆皇帝放入宮中「三希堂」,並選為第一珍品。此帖

第五章　名字中的詩詞

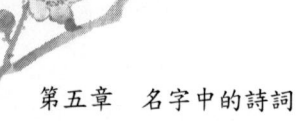

現在故宮博物院可以看到,只有短短 28 字:「羲之頓首。快雪時晴。佳想安善。未果為結。力不次。王羲之頓首。山陰張侯。」

王羲之寫信給山陰的朋友張侯。

晉代人寫信,和今人不同,先寫自己的名字。「羲之頓首」,等於是現代人寫在信末「某某人敬上」;最後面的「山陰張侯」,則是收信人的地址和名字。這 28 字的大意是說:「冬天下了一場雪,天氣放晴了。王羲之心情很好,想念好朋友,是不是過得好呢?然而無緣見面相會,心中遺憾,於是寫下這封信問候。」

為何選「快雪時晴」作為寫作班的名稱呢?除了這四個字很美,也有一番感悟在其中,因為人生常會遭遇困頓,但也包含很多美麗。人生的美麗與哀愁,幸福與悲傷,如同一下子落雪,一會兒放晴了。因此我期望學生學習文學,能對人生多一層體悟,無論下雪也好,放晴也罷,無時無刻都能欣賞人生的美麗。因此我便為這個名稱寫了一段文字,讓人更明白寫作班的初衷,名稱便有了更豐富的聯想與寓意了:「每個小孩都有一片天,寫作是穿梭雪鄉與晴空的翅膀。」

千樹成林

　　我 2006 年開設一家名為「千樹成林」的寫作班，比「快雪時晴」寫作班還要早 5 年。當時，一群作家在咖啡廳討論，寫作班該取什麼名字？才能顯得有文學氣息，又能與眾不同呢？因為一同創辦寫作班的老師們，除了幾位作家，還有來自山中體制外森林中學的老師，都非常有教育理念，不喜歡學生課後補習。但為了謀生計，可不可以開一家寫作班，卻有別於一般大眾對補習班的印象呢？又如何才能在名稱上彰顯氣質？與眾不同呢？

　　大夥兒討論了大半天，實在沒有什麼頭緒，一群作家竟然取不出一個好名字，真是太諷刺了。也可見一個好名字的誕生，並不容易。

　　當時我想到一位朋友的故事，想到她為兒子取名字的傳奇。

　　這位朋友離婚了，但在 35 歲那一年，決定和她 24 歲的男朋友互訂終生，步入紅毯的另一端。但是以兩人的背景與情況，一般父母多半不贊同他們結婚。但兩人堅定傳達彼此對愛

第五章　名字中的詩詞

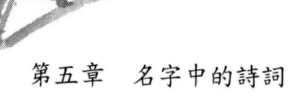

情的願望，一一說服雙方父母，最終進入禮堂，成就一段浪漫的愛情。

這位朋友第一個孩子誕生時，將孩子帶到我任教的森林中學，與眾多朋友分享喜訊。她的孩子白淨可愛，雙眼澄澈明亮，閃爍著純真的美麗，大夥兒紛紛問這孩子的名字？

「千樹。」我的朋友回答。大家紛紛稱讚這個名字很美。

我腦海中閃過一個畫面，問這位朋友：「『千樹』的名字，是不是見證你們兩人的愛情？」

這位朋友盈盈的笑著，點點頭並且雙手撫掌說：「除了我們夫妻，你是第一位懂得這個名字的人。」

為何這個名字，是見證他們的愛情呢？

古典詩詞中，正好有一首詩和一闋詞都有「千樹」兩個字。

其中一首詩是唐朝邊塞詩人岑參所寫的〈白雪歌送武判官歸京〉：「忽如一夜春風來，千樹萬樹梨花開。」意思是說，塞外苦寒，北風一吹，大雪紛飛，將枯樹枝掛滿了雪。好像一夜之間，忽然有春風吹來，千樹萬樹梨花盛開。

因為梨花是白色，白雪掛枝頭，彷彿梨花盛開，又「梨」和「離」諧聲，送別時增添了想像。

顯然這首邊塞詩和孩子的名字無關。另外一闋詞，是辛棄

千樹成林

疾寫的〈青玉案・元夕〉，開頭兩句是：「東風夜放花千樹。更吹落，星如雨。」

這兩句的大意是：「在春天的夜裡，火樹銀花般的煙火，在天空炸了開來，有一種目眩神馳的景象。春風徐徐吹過，火花像星星，像落雨一般飄落下來。」

為何從這闋詞取名字「千樹」，是見證兩人的愛情呢？答案在這闋詞的最後一句：「眾裡尋他千百度，驀然回首，那人卻在燈火闌珊處。」

大意是：「我在人群中，尋了又尋，找了又找，尋找上百次、上千次了，卻都一無所獲。突然一回過頭，我要找的那人，竟然在微弱的燈火下佇立著。」

這幾句詞讓我聯想起小時候，和爸爸逛夜市的情景。

爸爸帶我到外地探訪友人，晚上牽著我的手，到夜市裡遊晃。年幼的我，充滿著探索異地夜市的喜悅，一會兒要爸爸買棉花糖，一會兒跑去撈金魚。當我一手拿著棉花糖，一手牽著爸爸，走了好長一段路，正轉頭和爸爸說話，才發現我牽的不是爸爸，而是一位大鬍子的男人。

我不禁大呼一聲：「你不是我爸爸！」

那男人也咧開嘴，笑著對我說：「你也不是我兒子！」

我哇哇大喊：「那你幹嘛牽我的手？」

第五章　名字中的詩詞

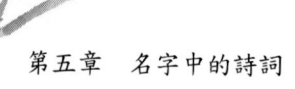

　　大鬍子男人呵呵笑著說：「是你跑過來牽我的手啊！」

　　我甩開大鬍子的手，焦急的在夜市人群中找尋爸爸的身影。

　　人群之中，哪有爸爸的影子呢？我在夜市繞了好幾回，怎麼找都找不到啊！時間不斷流逝，夜市攤販紛紛打烊回家了，我卻找不到爸爸。

　　我既著急，又傷心，身處異地，多麼孤單難過呀！獨自一人蹲在夜市角落啜泣。正當我抬頭擦眼淚，卻看見不遠前方一盞昏黃的路燈下，有一位男人正看著我，長相和身形都像我的父親。我站起來趨前一看，越看越像爸爸，還對著我笑呢！

　　當我確定那是爸爸，即刻撲到爸爸懷裡，哭著問他剛剛到哪兒去了？

　　爸爸說：「我一直站在路燈下呀！」

　　我委屈的說：「那我怎麼找不到你？」

　　爸爸笑說：「我也不知道你怎麼看不到我呀？我看著你在夜市裡奔來跑去，不斷地叫著『爸爸！』、『爸爸！』，經過我身邊，也沒發現我。但是我一直都站在這裡呀！」

　　當時的心情，當時的場景，就像那一闋詞最後那一句：「眾裡尋他千百度，驀然回首，那人卻在燈火闌珊處。」

　　拿這最後幾句詞比附這位朋友的愛情，意味著她在人生的

千樹成林

旅途中，尋了又尋，找了又找，沒找到真愛。突然一回眸，這才發現陪伴她走入婚姻，陪她一輩子的那個人，就在她的身邊呀！命運早已安排一個人，在燈火闌珊處佇立。如今她生下兒子，愛情修成正果，綻放出生命中美麗的火花，如同「東風夜放花千樹」。

想要開寫作班的朋友們，紛紛同意寫作班取名為「千樹」。但是我有一位具有創意的畫家朋友「老鬍子」，覺得「千樹」仍然不夠特別，應該取名字為「千樹成林」，代表寫作班的創辦人來自山中，來自理念學校。

坊間朋友得知此事，多半反對以四個字作為寫作班名字，理由是：「哪有補習班四個字？一般都是兩個字，最多三個字，才方便大家記憶，讓人琅琅上口。」

但是我們仍舊選擇了「千樹成林」四個字。我和作家甘耀明在千樹成林招牌旁邊加了一小段批註：「每個小孩都是一棵樹，這是森林的開始。」代表我們的教育理念。

並且想像，當家長騎著車在街道上尋尋覓覓，想要為孩子找一家寫作班，卻怎麼找都找不到，這不正是「眾裡尋他千百度」嗎？當家長找累了，突然回過頭來，才發現「千樹成林」彷彿隱於市聲喧囂的大隱，將孩子送來這裡，不正是「驀然回首，那人卻在燈火闌珊處」嗎？

第五章　名字中的詩詞

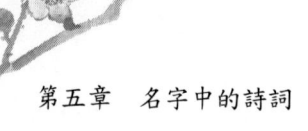

　　從古典詩詞中找尋意象，得到美麗的詞彙與意境，是一件無比幸福的事。但是千萬要注意的是，若是對古典詩詞一知半解，只是感覺古典詩詞美麗，便胡亂取一通，可能會貽笑大方呢！

　　我在家附近看見一家連鎖的燒烤店，店名取為：「江楓漁火」。名字出自唐朝詩人張繼的〈楓橋夜泊〉，意境應該很幽美。大概取名字的主人，喜歡這首詩，將烤肉時的熊熊爐火和火紅的楓葉聯想，而且燒烤店還有烤魚吧！

　　〈楓橋夜泊〉這首詩：「月落烏啼霜滿天，江楓漁火對愁眠。姑蘇城外寒山寺，夜半鐘聲到客船。」

　　店名取為「江楓漁火」，回到家不就「對愁眠」了？讓人聯想開了這家店的主人，晚上睡覺充滿憂愁，那真是讓人傷腦筋啦！可見古典詩詞取名字，還有一番學問呢！

附注

　　古典詩詞在生活中的運用,應是隨處可見,因此如何弭平古典詩詞給予學生的距離感,讓人感到親近,也就成了我在教學中的主要課題。

第五章　名字中的詩詞

第六章
詩詞的境界

第六章　詩詞的境界

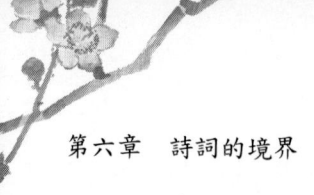

　　看我哥哥寫了這麼多詩詞的故事，我感覺很熟悉，因為我也是景美巷的一份子。景美巷的孩子們，學了古典詩詞，喜歡運用在生活上、愛情上、書信上，還有增加自己的氣質；但是也有人學了古典詩詞，卻自命不凡，說話滿口詩詞歌賦，讓人聽不下去，感覺庸俗不堪，甚至酸腐極了，反而壞了古典詩詞帶來的雅興。

熟讀經典仿如武俠人物

　　身懷詩詞古典能力的景美巷孩子，雖然滿腹詩書，卻不輕易展現。有時遇見一兩位愛耍古典詩詞的朋友，也不會與他人「飆詩競詞」，會靜靜看著人們「說詩道詞」，算是一種欣賞吧！但也有人忍不住，會耍耍詩詞小聰明，和人鬥鬥嘴，當成茶餘飯後的餘興節目。因為我經常和哥哥在一起，聽他講荒謬的詩詞趣事，彷彿看武俠小說的武林高手表演過招。

　　我的哥哥李崇建是位有趣的人物，當年身為泥水匠，還能扛著水泥，停在柳樹下面看風吹柳條，喃喃念著：「多情自古傷離別。更那堪、冷落清秋節。今宵酒醒何處，楊柳岸、曉風殘月。」不知道他那時在感嘆些什麼？也許哀傷那個暗戀的女孩離開？也許哀嘆自己一直考不上大學吧？

　　李崇建有一回受畫家老鬍子之邀，到一位民藝收藏家中參觀，發生了一件趣事，我一直難以忘懷。那位民藝家姓陳，財大氣粗，認為自己非常有品味，常看不起別人。

　　李崇建到了陳家，彷彿劉姥姥進了大觀園，被他的收藏驚訝得一直咋舌。陳先生書齋緊鄰淡水河，取名為：「晴雨齋」。

第六章　詩詞的境界

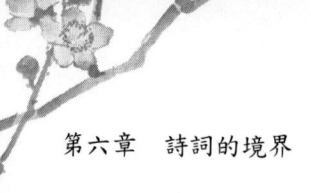

　　房子大門口貼了兩個字「陋室」，意思是自謙居住在兩千坪的房子太「簡陋」，收藏「一點點兒」珍品茶葉「僅兩百二十七種」，民藝木桌椅「僅八百餘件」，圍牆雕梁畫棟，像個廟宇一樣。

　　李崇建什麼都不懂，不懂就喜歡問。他問這件椅子和那件桌子，木頭的材質為何？某件漆器塗料有何差別？為何牆上的龍爪分別四指和五指？這些看似不入流的問題。

　　陳先生一句話都不想回答。李崇建卻有點兒「白目」，追根究柢地問，難道陳先生也不知道嗎？

武林高手以嘴上功夫過招

想不到陳先生指著「陋室」，一句話也不說，意思是你知道這是什麼意思嗎？

李崇建事後跟我說，他腦袋裡有兩種想法：「一種是這裡是『陋室』，主人也很孤陋寡聞，不要再多問了；一種是暗示這『陋室』的名稱，取自唐朝劉禹錫『陋室銘』，裡面有一句話『談笑有鴻儒，往來無白丁』，意思是來他家造訪的朋友，都是很有學問的人，沒有一個是無知識的俗人。」

李崇建思考一陣子，覺得主人很可能是嘲笑他是個俗人，反正兩個意思都是要他閉嘴，他只好默默閉上嘴巴。

但是主人得意洋洋大吹大擂自己的收藏，胡說八道自己滿腹詩書，還會作詩填詞，吟詩作對，讓李崇建覺得很「感冒」。他說著、說著，便對著淡水河唱起他所謂的「詩」，而且是他自己作的「詩」：「菅芒花花開真美，淡水河河水嬌媚，夕陽照照入我家，傷別離梨花帶淚。」

老鬍子聽了以後，尷尬的鼓鼓掌，笑了笑。

陳先生見李崇建不說話，竟然轉過頭來，炫耀式的問：「我

第六章　詩詞的境界

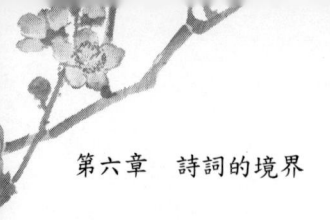

唱的這首詩,自己作的,比李白、杜甫、白居易如何?」

李崇建本想直接了當告訴他:「爛透了!這根本不是詩,這充其量是『歌詩』,也就是接近歌詞,怎麼跟唐朝的詩人比較呢?」但是來人家中作客,總不能這麼沒禮貌,只好點點頭說:「很好!很好!」

想不到陳先生竟然死皮賴臉的問:「好在哪裡?」

諷刺的道行

　　李崇建向來腦筋動得快,說故事從來不打草稿,說謊也不用修飾,晃晃腦袋便說:「這首詩很有臺灣味,而且符合現在的情境,菅芒花、淡水河與夕陽,都是當下的景緻。」

　　陳先生點點頭,很高興的說:「說得很好,你懂詩嗎?」

　　李崇建搖搖頭說:「不懂,不懂!當然不懂。不過以我不懂詩的拙見,你這首詩還有一個地方很特別。」

　　李崇建故意說不懂詩,大概懂詩的人不敢胡說八道吧!

　　陳先生瞪大著眼睛說:「哪裡特別?」

　　李崇建不疾不徐,裝模作樣,拿起水杯,喝了好大一口水,才悠悠的說:「你的詩聲韻錯落,不同凡響。因為詩的音節錯落,通常都是4-3的句式,比如『相見時難,別亦難』、『錦瑟無端,五十弦』、『芳草萋萋,鸚鵡洲』、『少小離家,老大回』、『劍外忽傳,收薊北』,舉凡絕句、律詩,多半如此,你的詩卻是3-4句式,『菅芒花,花開真美』,『淡水河,河水嬌媚』,『夕陽照,照入我家』,『傷別離,梨花帶淚』不僅句中頂真,在詩的音韻錯落表現,與眾不同,便是不凡。」

第六章　詩詞的境界

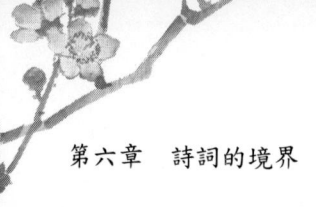

　　李崇建不想冒犯這位大言不慚的主人，只好拐著彎諷刺他，老鬍子聽懂了這個諷刺，在一旁偷偷地笑。因為陳先生唱的不是「近體詩」，反而比較像「詞」或「曲」，所以音節的錯落和「近體詩」不同。

　　想不到陳先生鼓掌叫好，拉起李崇建的手，歡喜得連續唱了好幾首自己作的「詩」，口口聲聲說：「知音難尋，知音難尋。」

舞文弄墨，賣弄口舌

陳先生興致高昂，問李崇建：「你知道我的書齋，為何取名『晴雨齋』？」

世上的名字何其多？李崇建怎麼會知道？但是李崇建「瞎掰唬爛」不落人後，再次搖搖頭表示不知道，卻又看著悠悠的淡水河說：「淡水河河面寬闊，彷彿西湖，讓我想起一位偉大詩人，有一種寧靜致遠的美感。宋朝的蘇東坡曾經寫過〈飲湖上初晴後雨〉兩首，其一「朝曦迎客豔重岡，晚雨留人入醉鄉。此意自佳君不會，一杯當屬水仙王。」；其二「水光瀲灩晴方好，山色空濛雨亦奇。欲把西湖比西子，淡妝濃抹總相宜。」

李崇建接著說：「你這書房面朝淡水河，景緻絕美，晴天雨天應該都有一番氣象，此中美景大概只有你可以懂吧！若是在書房讀書，或者飲茶飲酒，都飽覽美景，人生自然美極，彷彿懂得了人生的歡樂哀愁，懂得人生的晴或雨呀！」

李崇建這番話，陳先生聽得樂陶陶，老鬍子也在一番瞪大眼睛笑呵呵，覺得帶著李崇建非常有面子。

第六章　詩詞的境界

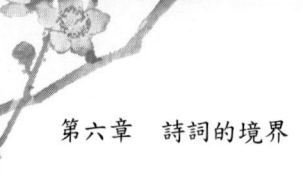

陳先生說：「想不到你這個年輕人，很有學問呀！連我書齋的名字是從蘇東坡〈飲湖上初晴後雨〉一詩而來，也能了解，太神奇了。但是我取『晴雨齋』這個名字，除了淡水河的美景，還有一個原因，你可能就不了解了吧！」

李崇建故作神祕的笑笑，答案早就瞭然於胸，因為老胡子帶他來拜訪陳先生，為的不是觀賞民藝，而是來此飲茶。老鬍子近幾年來頗為憂鬱，因為理念不同，因而離開一手創辦的森林中學，並不確定自己當年創辦這樣的自由學校是否正確？是否有助於學生的發展？想要甩掉這些念頭，每日遊山玩水，讀書畫畫品茶，並笑封自己為「臺灣茶王」。而陳先生珍藏了數百種烏龍、鐵觀音、東方美人、包種茶、武夷茶、普洱茶，尤其是一種稱之為「水仙」的茶，他擁有眾人蒐集不到的珍品，可稱為「水仙」珍藏家。李崇建笑笑說：「這詩裡面有『水仙王』，因為宋代西湖旁有水仙王廟。這淡水河畔也有水仙王，是指隱居在『晴雨齋』裡的懂茶隱士，尤其專情於水仙茶種。」

陳先生驚訝連連，拍案驚奇。老鬍子連連對著陳先生，指著「陋室」兩個字說：「不錯吧！我帶這個朋友來，不算『白丁』吧！」

陳先生連忙揮揮手，將李崇建的白開水倒掉說：「失敬，失敬！我泡一壺上等水仙，請你們品嘗。」

泡茶的境界

陳先生邀他們入茶倉，數千斤、上百種的茶堆積眼前，更有五十年以上的臺灣老茶。陳先生一一介紹，彷彿在介紹一個藏書閣、百寶箱與珠寶櫃，令人目不暇給、眼花撩亂。

陳先生取出一小包上等水仙，以小炭爐燒出鐵壺的水，注入陶壺陶碗，泡出香氣氤氳的茶。

「味道如何？」陳先生站在氤氳的夜燈下，饒有興味的望向李崇建。

李崇建飲了一口，發出嘖嘖的聲音，豎起大拇指，緩緩的說：「以前，我還以為自己很懂茶，原來只是『昨夜西風凋碧樹，獨上高樓，望盡天涯路。』一個初出茅廬的小子罷了。今日看見你的收藏，喝了你泡的茶，才大開眼界。突然覺得你泡茶的境界真高，真是『眾裡尋他千百度，驀然回首，那人卻在燈火闌珊處。』呀！」

李崇建說這種話，真是太噁心啦！他是以「古詞」拍陳先生的馬屁呢？還是在諷刺陳先生呢？我也搞不懂。

為什麼這麼說呢？

117

第六章　詩詞的境界

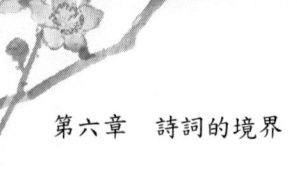

人生的境界

　　清朝有一位大詞人王國維，寫了一本《人間詞話》，曾寫了這樣的看法：「古今之成大事業、大學問者，必經過三種之境界。『昨夜西風凋碧樹，獨上高樓，望盡天涯路。』此第一境也。『衣帶漸寬終不悔，為伊消得人憔悴。』此第二境也。『眾裡尋他千百度，驀然回首，那人正在燈火闌珊處。』此第三境界也。」

　　我第一次聽到這樣的說法，根本不懂那三句話是什麼意思？只是覺得好玩。以前常看武俠劇，說武林高手的功夫已經爐火純黃、爐火純白、爐火純青了，一山還有一山高，想著想著就熱血沸騰啦！想不到真實人生也有境界高低，我少年時喜歡爭名次，聽見三種境界，便喜歡將三句話掛在嘴邊，幼稚地拿著竹劍，聲稱自己已經「望盡天涯路」，也已經「為伊消得人憔悴」，走向「燈火闌珊處」了！覺得自己身在武林之中，放眼望去，每個人都有武功，都有境界。我還經常對著別人的功課、跑步、作文、跆拳道與書法品頭論足，說別人才到達第幾重境界而已，彷彿自己才是站在巔峰。

人生的境界

但是少年時搞不懂的是,「昨夜西風凋碧樹,獨上高樓,望盡天涯路。」感覺比較酷,彷彿一個人站在高樓上,睥睨世界,笑傲江湖,將世界都看盡了,如同蕭蕭的秋風掃落葉一般,怎麼會是第一重境界而已呢?

少年時懵懵懂懂,才管不了這麼多疑惑,常常將三種境界掛在嘴邊,越想就越覺得有道理啦!所以我這裡也不特別解釋,你們自己體會揣摩吧!倒是李崇建,還記得小時候背誦的幾首古詞,竟然拿來比喻泡茶的境界,只能算他隨機應變能力強!我聽他這樣講,想想自己和別人較量棋藝、琴藝、畫畫或者考慮學問,也都放在嘴邊,有模有樣的學著,感覺自己瞬間有了學問。

陳先生不知道懂不懂?只是呵呵大笑,不停邀李崇建喝茶,還大聲說:「勸君更盡一杯茶,西出淡水無好茶。」陳先生從王維送別朋友的名作〈送元二使安西〉的句子,「勸君更盡一杯酒,西出陽關無故人。」改編而來,改得實在很俗氣,王維的詩讓人很有感覺,陳先生改編得卻一點兒境界也談不上。據說李崇建聽了之後,只是呵呵傻笑。

倒是一旁的老鬍子,摸著鬍子沉吟,認真的看著李崇建問:「你是『西風凋碧樹』入門境界,陳先生是『那人正在燈火闌珊處』的最高境界。那我呢?我這個『茶王』是第幾重境界哪?」

119

第六章　詩詞的境界

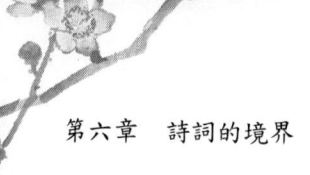

我佩服李崇建，不是因為他能隨機應變，更不是他的口才辨給，也不是他背誦很多詩詞，而是他脫口而出的詞語，往往恰到好處，令人拍案叫絕。比如說自號「茶王」的老胡子，他算是個武林區人。要是將他的層次、將他的境界安排的低，那像話嗎？如今最高與最低的境界，都封給了陳先生與自己，僅剩中間境界，怎麼能說得出口呢？不僅沒有創意，也會讓老鬍子不悅吧！

我前面提到，老鬍子離開一手創辦的森林中學，不免百感交集，覺得人生得失幾何？不知他會不會也有悵然若失的時刻？

老鬍子當時境遇如此，想不到李崇建腦袋流轉得快速，竟然不假思索，認真的回答：「老哥哥的境界，已經到了『回首向來蕭瑟處，歸去，也無風雨也無晴。』已經不是我們一般人能夠體會啦！」

什麼意思呢？

李崇建說的這闋詞，是蘇東坡的〈定風波〉，「莫聽穿林打葉聲，何妨吟嘯且徐行。竹杖芒鞋輕勝馬，誰怕？一蓑煙雨任平生。料峭春風吹酒醒，微冷，山頭斜照卻相迎。回首向來蕭瑟處，歸去，也無風雨也無晴。」

意思是當老鬍子此刻掛冠歸來，每天品茶，遊戲人生，回

頭看人生的風風雨雨，其實風雨也好，晴天也罷，都並不重要，也無須擔心或者高興了。

老鬍子一定是熟讀古典詩詞的人，一定也是深刻了解古典詩詞含意的長輩，一定聽懂了李崇建說的境界了，因而撫掌哈哈大笑，拿起了茶杯，朝李崇建敬了一杯茶。

一旁的陳先生也跟著哈哈大笑，真不曉得他是否聽懂？這其中的深意與奧妙？到底是第幾重境界呀？

第六章　詩詞的境界

附注

　　這個故事是李崇建的親身經歷，我聽他講過一次，覺得實在太有趣了，因此我毛遂自薦，寫了這篇文章。

第七章
從遊戲中熟悉格律

第七章　從遊戲中熟悉格律

　　正當景美巷和水景街的古詩挑戰火熱進行，有人來攪局了。攪局的是我的舊鄰居小元，他住在臺中市的練武路，是一條很小的巷弄，那也是我以前居住的地方，孩子們個個允文允武。

　　小元喜歡古典詩，最喜歡在過年的時候，為自己家寫春聯。因為他喜歡寫春聯，寫出來的字句都很隨性，使得當時練武路的孩子們不論字寫得好不好看？古文底子好不好？都紛紛拿起筆來寫對聯，形成練武路特殊的風景，家家戶戶的春聯充滿童真童趣的美。

　　寫對聯有時會講究對仗，也會注意平仄，因此小元帶來了注意格律的遊戲，讓我們留下深刻的印象。

火焰詩

　　　　　　　開
　　　　　　山　滿
　　　　　桃　山　杏
　　　　山　好　景　山
　　　來　山　客　看　山
　　裡　山　僧　山　客　山
　山　中　山　路　轉　山　崖

　　當年資訊不發達，小元畫出這首三角形的「詩」，大家都很好奇。現在的孩子們，已經有網路可以查資料了，你只要輕易輸入關鍵詞，就能在網路看見類似的趣詩。

　　小元說這是「火焰詩」，顧名思義，這首詩看起來就像火焰。但我們看起來比較像一座山，或是一顆粽子。小元咳了幾聲，要我們安靜，鄭重宣布這是一首七言絕句，你知道絕句的基本格律嗎？如果你知道絕句的基本格律，那你應該能輕鬆的將這首詩完整的拼湊出來。

第七章　從遊戲中熟悉格律

小元提示了首句「山中山路轉山崖。」

李宜隆跟著唸了第二句：「裡山僧山客山山。」又頻頻說：「好奇怪喲！」

鄭吉裕也插話了：「第二句是不是『山裡來山桃山開』？好像也蠻奇怪的！」

該怎麼拼呢？大家一時摸不到頭緒。

大夥兒都不知道平仄的安排，小元卻笑著說：「你們景美巷的孩子，號稱喜愛古典詩詞，卻連七言絕句的格律都不知道呀！」

我們的確不知道，真是顏面無光。但是景美巷的孩子們不想示弱，紛紛說：「誰說我們不知道呀？現在拼給你看。」

盧進坤低著頭說：「我們找押韻就好了，別管平仄了。七言絕句第一句可押韻，也可不押韻；第二句、第四句一定要押韻。第三句一定不能押韻。我們搭配文字的意義，試著找找看吧！免得被李崇建以前的舊鄰居看笑話了！」

我們思索第一句的意思是「山中的山路，沿著山崖轉來轉去。」

聰明的讀者，若是你還沒上網找資料，也從未看過這首詩，你能知道答案嗎？

這首詩看起來很簡單，但是真正拼湊起來，並沒有那麼簡

火焰詩

單。我們日後拿給其他小朋友拼，要他們注意押韻，在十分鐘內回答出來的小朋友，十個人只有一個人。你是屬於得出正解的那一人？還是得不出正解的那九人呢？

我們嘗試找可能和第一句押韻的字，那就是「ㄞ」了。

我們七拼八湊，集合眾人之力，終於得出一個合理的解答：

山中山路轉山崖，

山客山僧山裡來；

山客看山山景好，

山桃山杏滿山開。

我們得出的解釋是：「山中的山路，沿著山崖轉來轉去。很多的登山客和僧侶往山裡來；這些山中訪客，看著山中美好的景色，是什麼景色呢？原來是春天到了，整個山開滿了桃花與杏花！」

李宜隆說：「這首詩真的是好多山呀！總共有 12 個山耶！真的是七言絕句嗎？」

我們也不知道這首詩，是不是七言絕句？但看起來我們是答對了，因為小元的臉有點兒悻悻然。隨後他說：「這首詩是最簡單猜出來的，何況你們那麼多人猜？接下來你們來組裝這首詩吧！有本事的話，不要透過那麼多人討論，單打獨鬥解出

第七章　從遊戲中熟悉格律

來才是真本事嘛！」

這對習慣團體討論的景美巷來說，還真是有一點兒不習慣呀！

小元拿起白紙，又「畫」了一首詩。

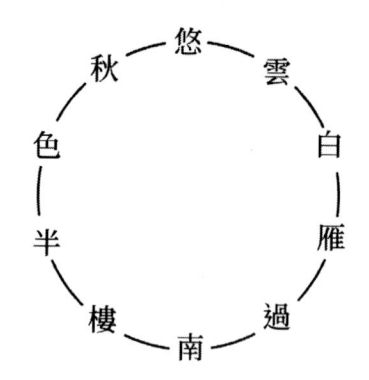

悠悠雲白雁過南樓半色秋
（環形排列）

悠雲白雁過南樓

　　小元畫出這首詩，給了我們第一句提示：「悠雲白雁過南樓」，要我們解出這首七言絕句。

　　正當我們面面相覷的時候，小元的媽媽要他回家。臨走前，小元還頻頻放話：「是英雄好漢就單打獨鬥，不要團體討論。這首詩我五分鐘就解出來了。」

　　小元走了之後，我們陷入了沉思，怎麼可能五分鐘解得出來？有這麼簡單嗎？

　　盧進坤解的答案是：「悠雲白雁過南樓，悠秋色半樓南過；南過雁白雲悠秋，南樓半色秋悠雲。」

　　鄭吉裕哈哈大笑，「一看就知道不對了嘛！這是七言絕句耶！第二句的最末一字，和第四句最末一字又沒押到韻，怎麼可能對嘛？而且詩的意思拼湊起來怪怪的，你以為從頭正著往右念，正著往左念，再從底下如法炮製就對了嗎？」

　　盧進坤苦哈哈的笑著，自我解嘲的解釋說：「我又還沒檢查，只是想測試你懂不懂？看來鄭吉裕通過考驗了！」

第七章　從遊戲中熟悉格律

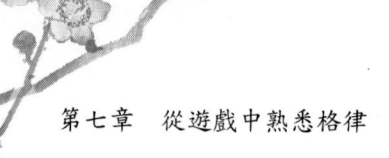

　　大家轉頭過來看鄭吉裕的詩：「悠雲白雁過南樓，過南樓半色秋悠；樓半色秋悠悠雲白，雁過南樓半色秋。」

　　李宜隆說：「這第一句、第二句與第四句都押了『ㄡ』韻，但是第三句最後一個字，應該是仄聲，怎麼是白呢？」

　　鄭吉裕得意的笑著，「『白』字就是仄聲呀！你用臺語唸就知道，短促的聲音。」

　　聰明的朋友，你們覺得鄭吉裕答對了嗎？

　　我們幾個不懂七言格律，只能依照詩的意思解釋一番，我們怎麼解都感覺很奇怪。

　　如果不懂平仄，怎麼樣才能依照押韻，得出標準答案呢？小朋友個個想破頭，總算李宜隆在 30 分鐘的時候，得出了答案。你呢？如果你不看標準答案，能用多久時間解出來呢？

　　我們幾個孩子，覺得自己功夫真差勁呀！所幸小元不在現場，要不然我們一定會被徹底嘲笑。

　　我們怎麼知道李宜隆的答案是對的呢？因為押韻很正確，而且解釋起來很順暢，對照詩的圖，以兩個順時鐘，兩個逆時鐘的順序得出來，頗有規律。

　　我們得出來的答案是：

　　悠雲白雁過南樓，
　　雁過南樓半色秋；

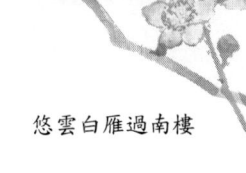

秋色半樓南過雁，

樓南過雁白雲悠。

正當我們慶幸李宜隆的答案應是標準答案，小元竟然又跑回來景美巷了，他說：「我東西忘了拿走了！怎麼樣，你們解出來了嗎？」

李宜隆以很輕鬆的口吻說：「景美巷派我出來解就夠了，用不著他們出馬，早就已經解出答案了，你自己看看吧！」

小元接過答案一看，臉都扭曲了，大概想不到我們能得出正解。

小元惆悵的說：「我有很多這樣的詩，你們能解出這首詩嗎？」

第七章　從遊戲中熟悉格律

賞花歸去馬如飛

```
花歸去馬如飛
賞　　　　酒
暮已時醒微力
```

小元寫完這一首詩，給我們第一句的提示：「賞花歸去馬如飛。」要我們限時解答，而且必須單打獨鬥解謎，才心不甘情不願的被他媽叫喚，回到練武路的家了。

我們幾個景美巷的孩子，簡直想破頭皮了，直到第二天才得出答案。聰明的小朋友，你們能得出解答嗎？請簡單依照「七言絕句第一句可押韻，也可不押韻；第二句、第四句一定要押韻。第三句一定不能押韻。」的方向，組織這首七言絕句，答案在後方的附註裡，讀者可以解答完畢再來對照標準答案。

經過練武路的舊鄰居小元的造訪，為景美巷的詩詞挑戰增添不少話題，雖然這些題目並不容易，卻讓我們更親近近體詩的格律，更懂得如何看待近體詩的押韻了。

第八章
更多有趣的詩

第八章　更多有趣的詩

　　這一章要介紹的是更多有趣的詩，古典詩有各種趣味的形式，提供不同趣味的遊戲。這裡介紹的僅僅是一小部分，還有更多有趣的古典詩詞，以對聯、機智、諧聲……等各種方式呈現，以目前網路資訊普遍的程度，應該一查詢便有收獲。

　　這些有趣的詩，我經常拿來和小朋友遊戲，從益智遊戲入手，逐漸考考大家對詩的理解。從詩的意義、押韻與格律入手，看看誰能解得出來？解答附在本章最末。

　　當我還年輕的時候，很認真的玩詩詞遊戲，將趣詩的文字圖形重組，以兩個、兩個為一組詞，或者一個、兩個散亂的字詞，甚至打亂原有的排序，交錯排列，讓大家重組一首詩。詩詞的挑戰永遠可以變化出新，我們更將經典的絕句、律詩、古詩分拆打亂，成為單字或片語，考較彼此重組一首詩的功夫，目的是讓大家深入理解詩的內涵。

　　有些圖像詩，小孩子也很喜歡模擬創作，甚至發展出更多示情、示意、祕密與嘲諷，隱藏在圖像詩裡，從文字遊戲中自得其樂。這一章也邀請所有參與本書的讀者，思索如何從遊戲進而創作，再深入對古典詩詞認識。

桃花源詩碑

　　湖南桃源縣桃花源有一個石碑,被稱為桃花源詩碑,因為石碑上的文字,可以拼湊成一首詩。但是這一首詩,若是不給解答,一般人很難看得出來,這首詩是怎麼拼湊的?

　　桃花源詩碑總共有八句,也有押韻,已經查不出作者是誰了?在看後面解答之前,你試試看,能自行組合出這一首詩嗎?

機	時	得	到	桃	源	洞
忘	鍾	鼓	響	停	始	彼
盡	聞	會	佳	期	覺	仙
作	唯	女	牛	下	星	人
而	靜	織	郎	彈	斗	下
機	詩	賦	又	琴	移	象
觀	道	歸	冠	黃	少	棋

提示:

這首詩從圖的中心「牛」字開始讀,每一句詩的最後一個

第八章　更多有趣的詩

字的半邊是下一句的第一個字,詩的順序按順時針方向,由內向外讀。

前兩句:牛郎織女會佳期,月下彈琴又賦詩。

迭翠詩

迭翠詩的名稱，是從詩的造型與字的排列，很像「叢巒迭翠」。詩中出現很多山字，詩也排列成山的形狀，還有山字出現的位置也很特別。

題目：遊蘇州半山寺
作者：明朝　鄔景和

　　　　　　　山山
　　　　　　　遠隔
　　　　　　山光半山
　　　　　　映百心塘
　　　　　山峰千樂歸山
　　　　　裡四三忘巳世
　　　　山近蘇城樓閣擁山
　　　　堂廟歸題村苑閣疑
　　　　竹禪榻留莊作畫實
　　　　綠新醉侑歌漁浪滄

137

第八章　更多有趣的詩

　　此詩總共八句，提示第一句：山山遠隔半山塘，心樂歸山世已忘。

題目：遊西山靈光寺
作者：明朝　鄔景和

山山

靈異

山嶺有山

擇後四神

山前山季遊山

遍訪都春是盡

山外野山山色映山

人至慕山山眼照山

樂因是歸光如鏡鏡

真尋俗世貪不身隨

　　此詩總共八句，提示第一句：山山靈異有山神，四季遊山盡是春。

飛雁體詩

　　飛雁體詩看起來像菱形排列，讀法就像飛雁群飛的排列方式，呈現一個人字形。比如下列這首詠山詩，詩的左上斜邊有四個山字，右上斜邊也有四個山字，像大雁飛行的雁陣。這八個山字展開閱讀，以交叉的方法形成句子，剛好構成八句，每句都有山這個字。

山　山
山　遠　花　山
山　路　草　雲　接　山
山　又　猿　飛　綠　鳥　樹　山
深　客　片　抱　偷　澄　僧　林
片　繞　僧　樹　請　澄
飯　山　山　吟
客　尋

　　此詩共八句，提示：前兩句為「山遠路又深，山花接樹林」。

139

第八章　更多有趣的詩

解讀：

山遠路又深，山花接樹林。

山雲飛片片，山草綠澄澄。

山鳥偷僧飯，山猿抱樹吟。

山僧請山客，山客繞山尋。

動手創作玩飛雁體詩
題目：春
作者：李崇樹

春春

春來意春

春桃景風剪春

春花惜吹天襲陰春

開字霧雲小光酒靄

散倒窗靄一白

臺頭杯靄

來看

動手創作玩飛雁體詩解讀

春來桃花開，春意剪陰靄。

春風吹霧散，春景天光白。

飛雁體詩

春惜雲靄靄，春襲小窗臺。
春字倒頭看，春酒一杯來。

第八章　更多有趣的詩

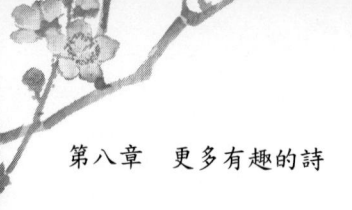

火焰體詩

前面的文章提到火焰體詩，因為排列的形狀像火焰。讀法是從左下角第一個字，由右自左讀，像爬山一樣繞著讀。

$$\begin{array}{c}
開 \\
山\ 滿 \\
桃\ 山\ 杏 \\
山\ 好\ 景\ 山 \\
來\ 山\ 客\ 看\ 山 \\
裡\ 山\ 僧\ 山\ 客\ 山 \\
山\ 中\ 山\ 路\ 轉\ 山\ 崖
\end{array}$$

📖 動手創作玩火焰體詩

若是不管格律，只是好玩，各位同學能創作出什麼樣好玩的火焰體詩嗎？若是你懂得格律，又能創作出好玩又恰當的火焰體詩嗎？

題目：別有洞天

作者：李崇樹

$$
\begin{array}{c}
眠 \\
好\quad洞 \\
幽\quad洞\quad靜 \\
洞\quad媚\quad明\quad洞 \\
閒\quad洞\quad天\quad窺\quad洞 \\
中\quad洞\quad石\quad洞\quad水\quad洞 \\
洞\quad裡\quad洞\quad外\quad有\quad洞\quad天
\end{array}
$$

解讀：

洞裡洞外有洞天，

洞水洞石洞中閒；

洞天窺洞洞明媚，

洞幽洞靜洞好眠。

第八章　更多有趣的詩

寶塔詩

　　這首寶塔詩,像一座寶塔,而且都還有押韻喔!寶塔詩和火焰體詩不同,是從最上面一個字開始念。這一首詩,押的是「ㄡ」韻,這樣念:「遊,愁;赤縣遠,丹思抽;鷲嶺寒風駛,龍河激水流;既喜朝聞日復日,不覺年頹秋更秋;已畢耆山本願誠難在,終望持經振錫往楊州。」

遊
愁
赤縣遠
丹思抽
鷲嶺寒風駛
龍河激水流
既喜朝聞日復日
不覺年頹秋更秋
已畢耆山本願誠難在
終望持經振錫往楊州

寶塔詩

以下是出自吳敬梓《儒林外史》中的一首寶塔詩，押「ㄞ」韻：

呆
秀　才
吃　長　齋
胡　須　滿　腮
經　書　揭　不　開
紙　筆　自　己　安　排
明　年　不　請　我　自　來

📖 動手創作玩寶塔詩

題目：讀書難，押「ㄨ」韻
作者：李崇樹

書
難　讀
不　服　輸
讀　了　打　呼
不　讀　氣　呼　呼
將　來　變　成　老　粗
煩　惱　到　頭　髮　稀　疏

第八章　更多有趣的詩

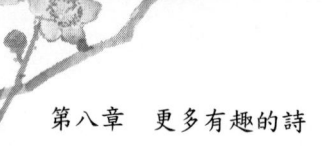

迴文詩

　　迴文是一種修辭格，也稱「迴文」、「迴環」，各位同學想想「迴紋針」的造型，大概就能理解迴文的意思了。若使用迴文修辭方法寫作的文體，稱之為「迴文體」，用於寫詩，便稱為「迴文詩」。迴文詩非常多，只要上網查詢，便能找到非常有趣，各種不同類型的迴文詩。這裡提供的是比較有趣，也比較有名的詩句。

　　下列迴文詩，有些文字排成各種形狀，你能依照押韻，甚至詩的意思，排列組合成一首詩嗎？

📖 迴文詩 1

作者：李禺

正讀：夫憶妻

　　枯眼望遙山隔水，往來曾見幾心知。

　　壺空怕酌一杯酒，筆下難成和韻詩。

　　途路隔人離別久，訊音無雁寄回遲。

　　孤燈夜守長寥寂，夫憶妻兮父憶兒。

倒讀：妻憶夫

兒憶父兮妻憶夫，寂寥長守夜燈孤。

遲迴寄雁無音訊，久別離人隔路途。

詩韻和成難下筆，酒杯一酌怕空壺。

知心幾見曾來往，水隔山遙望眼枯。

迴文詩 2

提示：這是一首七言詩，共八句。第一句為：江南一樹梅花發。

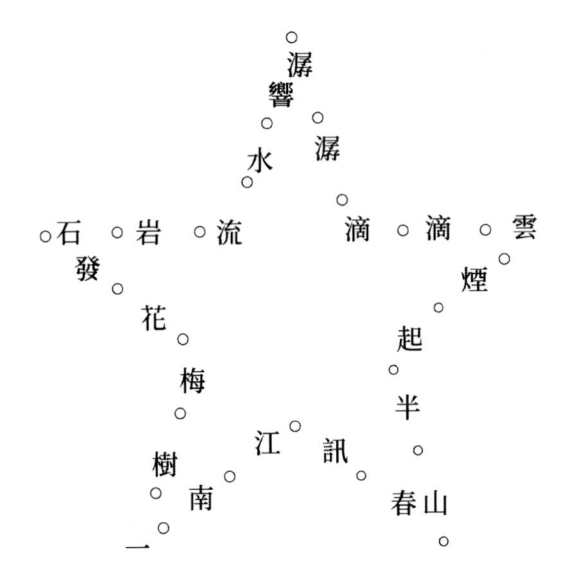

潺響水潺
石岩流滴滴雲
發花煙
梅起
江訊半
樹南春山
一

第八章　更多有趣的詩

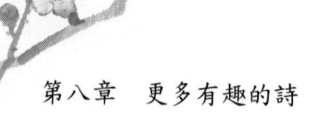

📖 迴文詩 3

提示：這是一首七言詩，共四句。第一句為：靜思伊久阻歸期。

```
      憶別
   期     離
  歸      
  阻      時
   久     
   伊     聞
     思  漏
      靜轉
```

📖 迴文詩 4

提示：這是一首七言詩，共四句。第一句為：香蓮碧水動風涼。

```
      動風
   水     涼
   碧     夏
   蓮     日
     香 長
```

迴文詩 5

提示：這是一首七言詩，共四句。第一句為：採蓮人在綠楊津。

```
      津 一
    楊     闋
  綠         新
  在         歌
    人     聲
      蓮 採 玉 漱
```

迴文詩 6

提示：這是一首七言詩，共四句。第一句為：皓月天中湖水綠。

```
        湖 綠
    中 水     秋
    天         禾
        月   熟
          皓
```

第八章　更多有趣的詩

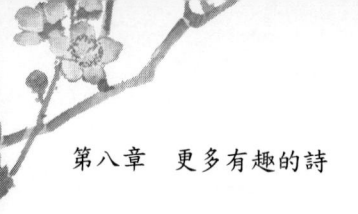

📖 迴文詩 7

　　這首詩非常奇妙,可以組合成兩首詩。這種創作方法,又稱「轉尾連環」是迴文詩體的一種。十六個字,首尾連成環形,可由左至右旋讀,也可由右至左旋讀,都可以讀出一首七言絕句。

```
        柳 媚 新
     津         花
   前             戀
   噪             蝶
     鵲         去
        喜 晴 春 頻 來
```

讀法 1：第一句從「春」字起左旋。

春晴喜鵲噪前津,鵲噪前津柳媚新。
津柳媚新花戀蝶,新花戀蝶去來頻。

讀法 2：第一句從「頻」字起右旋。

頻來去蝶戀花新,蝶戀花新媚柳津。
新媚柳津前噪鵲,津前噪鵲喜晴春。

迴文詩

📖 迴文詩 8-1

　　民國初年的豐子愷先生，曾經在一件日本茶壺上看見壺身刻上「曉河澄雪皎波明月」八個字。從任何一個字起，向左念，或者向右念，都可以成為兩句四言詩，比如：「曉河澄雪，皎波明月」、「河澄雪皎，波明月曉」、「曉河澄雪，皎波明月」、「雪皎波明，曉河澄雪」。豐子愷先生將這八個字，寫成上面這件書法。

```
      月   曉
   明        河
   波        澄
      皎   雪
```

📖 迴文詩 8-2

　　豐子愷先生又在一方硯臺，看見一首詩，刻成環狀，無論你從哪一個字開始，往左念，或者往右念，都可以成為一首五言詩。你可以試試看，這個環狀詩，可以唸成幾首詩呢？看來，這首詩還可以同時考考你數學喔！

　　其中一首：「豔舞風流霧，香迷月薄霞，淡雨紅幽樹，芳飛雪落花。」

151

第八章　更多有趣的詩

淡雨紅幽樹芳飛雪落花豔舞風流霧香迷月薄霞

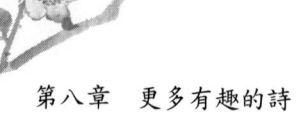

📖 迴文詩 8-3

豐子愷先生自己也喜歡作有趣的迴文詩，1958 年的暮春，豐子愷先生到杭州探望三姐，戲作了兩首迴文詩，寫成條幅，下方將兩首詩，排列成圓圈狀。

其一：

飄雨暮高天似水潮江浙潮江浙話客聞時

迴文詩

解讀：

浙江潮水似天高，水似天高暮雨飄。

暮雨飄時聞客話，時聞客話浙江潮。

其二：

```
      蝶 飛
   蝴       回
 回           腸
春             欲
夢             斷
 又           送
   歸       春
      春 送 歸
```

解讀：

送春歸又夢春回，又夢春回蝴蝶飛。

蝴蝶飛回腸欲斷，迴腸欲斷送春歸。

第八章　更多有趣的詩

附注

📖 桃花源詩碑解讀

　　牛郎織女會佳期，月下彈琴又賦詩。
　　寺靜唯聞鐘鼓響，音停始覺星斗移。
　　多少黃冠歸道觀，見機而作盡忘機。
　　幾時得到洞源洞，同彼仙人下象棋。

📖 迷翠詩解讀

遊蘇州半山寺

　　山山遠隔半山塘，心樂歸山世巳忘。
　　樓閣擁山疑閬苑，村莊作畫實滄浪。
　　漁歌侑醉新綠竹，禪榻留題歸廟堂。
　　山近蘇城三四里，山峰千百映山光。

遊西山靈光寺

　　山山靈異有山神，四季遊山盡是春。
　　山色映山山照眼，山光如鏡鏡隨身。

不貪世俗尋真樂，因是歸山慕至人。

山外野山都訪遍，山前山後擇山嶺。

飛雁體詩解讀

山遠路又深，山花接樹林。

山雲飛片片，山草綠澄澄。

山鳥偷僧飯，山猿抱樹吟。

山僧請山客，山客繞山尋。

迴文詩 2 解讀

江南一樹梅花發，一樹梅花發石巖；

花發石巖流水響，石巖流水響潺潺。

潺潺滴滴雲煙起，滴滴雲煙起半山；

煙起半山春汛到，半山春汛到江南。

迴文詩 3 解讀

靜思伊久阻歸期，久阻歸期憶別離；

憶別離時聞漏轉，時聞漏轉靜思伊。

迴文詩 4 解讀

香蓮碧水動風涼，水動風涼夏日長；

長日夏涼風動水，涼風動水碧蓮香。

第八章　更多有趣的詩

📖 **迴文詩 5 解讀**

採蓮人在綠楊津，在綠楊津一闋新；

一闋新歌聲漱玉，歌聲漱玉採蓮人。

📖 **迴文詩 6 解讀**

皓月天中湖水綠，中湖水綠秋禾熟；

熟禾秋綠水湖中，綠水湖中天月皓。

第九章
耳熟能詳與絕美的詩詞句

第九章　耳熟能詳與絕美的詩詞句

我年幼的時候唸詩詞，最大的愉悅，不是自己很會使用典故，也不是拿來炫耀，而是一種心境上的愉悅。比如在溪頭的森林散步，突然落雨了，卻沒有帶傘出門，內心除了對雨有感覺，還會聯想到和雨有關的詩詞：「莫聽穿林打葉聲，何妨吟嘯且徐行。」

看見大霧瀰漫，除了欣賞霧迷離的美，腦海立刻浮現出：「霧失樓臺，月迷津渡」、「曉霧忽無還忽有，春山如近復如遙」的句子。看見夕陽，想當然心靈會湧現「夕陽無限好，只是近黃昏」、「青山依舊在，幾度夕陽紅」這幾句詩詞。

當這些詩詞湧現，景物便有了各種層次的美感，那是一種特別的經驗。

因此這一章，特別挑選大家耳熟能詳以及絕美的句子，試圖喚醒與深化生命中和古人共鳴的美感經驗。因為耳熟能詳，看見原出處會有親切感，因為詩句絕美，也容易引動人的心靈去探索。雖然詩詞標明出處，也簡單地注解一番，但是我不是那麼注意典故與解釋，因此注解、運用及延伸，都寫得極為隨性，目的是分享一些美感經驗。

小樓一夜聽春雨，深巷明朝賣杏花。

【出處】：宋朝陸游〈臨安春雨初霽〉：「世味年來薄似紗，誰令騎馬客京華。小樓一夜聽春雨，深巷明朝賣杏花。矮紙斜

行閒作草,晴窗細乳戲分茶。素衣莫起風塵嘆,猶及清明可到家。」

【注講】:陸游六十歲以後寫了這首詩,寫他到繁華的臨安當官,在旅店的小樓上聽了一夜滴答的春雨,一早醒來,深巷中又傳來賣杏花的聲音。

【運用】:現代社會中,應該聽不到有人賣花吧!即使有人賣花,也是在十字路口賣玉蘭花,而不是用叫賣的。若是你在十字路口,看見有人賣玉蘭花,不妨想一想這首詩吧!臺灣早年很多叫賣的販子,最有名的是清晨賣豆腐,深夜賣「燒肉粽」。

著名的文學家林海音寫北京童年回憶的《城南舊事》,有一篇〈豆腐一聲天下白〉,膾炙人口。我曾經在清晨,聽見叫賣豆腐的聲音,心中迴盪著一種清爽溫暖。我也曾在很深的雨夜,聽見燒肉粽的叫賣聲,升起了無限的情感。在寒冷的雨夜,看見滄桑的販子掀起溫熱的鍋子,心裡也一陣溫暖。現在很少聽見豆腐和燒肉粽的叫賣,仍然聽見的叫賣聲是修玻璃與賣雞毛撢子,若是你聽見這些叫賣聲,不妨試著體會一下。

【延伸】:臺灣很少有杏花,偶爾在山中,你才有機會看見杏花,但不可能有人在深巷中賣杏花。若是你到花店找尋,偶爾會看見花店賣杏花,多半是春節之後,建議你不妨到花店詢

第九章　耳熟能詳與絕美的詩詞句

問與找尋,對照這首詩,別有一番趣味喔!而春天的雨,和其他季節的雨也有不同,你能聽出來嗎?春雨的節奏、春寒的氣候都給人不同的感受,尤其是居住在小小的閣樓之上,聆聽春雨、聆聽市街的聲音,心頭都會泛起一種特別的感受。

讀到這句詩的時候,我特別感到好奇的是,為何詩人要寫賣杏花呢?是否有特別的意涵?小販為何要賣杏花呢?有沒有賣桃花?櫻花?梅花?等春天的花?

我問童年都在大陸度過的父母親,他們都聽過叫賣杏花的聲音。母親還說,她在蘭州聽見賣杏花的小販,是個年輕的小女孩,聲音特別好聽。那有沒有賣桃花的呢?母親說也有,但是比較少,因為桃花的花期比杏花短一點。對於長年居住在臺灣的我而言,這是一個新鮮的資訊。母親還笑著對我說,她童年時期記憶深刻的叫賣聲,是端午節之前,會有叫賣艾草的小販,沿街叫著「哎喲!哎喲!」後面常跟著一位叫賣蘿蔔的販子,叫喚「蘿蔔!蘿蔔!」常常後面還會跟著叫賣蕨菜的伯伯,「蕨～蕨～蕨!」母親學著她當年聽到的聲音,我彷彿又更能體會這句詩的意境了。

十年寒窗無人問,一舉成名天下知。

【出處】:出自《琵琶記・蔡公逼試》,作者為高明,詩僅這兩句。

【注講】：這兩句常用來說明，一個人在成名之前的辛苦，在寒窗下苦讀，辛苦而無人關心聞問，一旦功成名就，卻名滿天下，人人都知道。這兩句詩的「寒窗」，在原書中作「窗下」。

【運用】：林書豪的成就，不是平白就可獲得，在籃球的心路歷程上花了多少心血，費了多少苦心，恐怕只有過來人最清楚，所謂「十年窗下無人問，一舉成名天下知」，沒有辛苦的耕耘，哪來欣喜的收穫？花一些苦心總是必要的。

【延伸】：在戲劇裡面，常常出現被人看不起的窮書生，一旦考上狀元，人人都來逢迎鞠躬。因為科舉考試的年代，出頭得靠讀書，得靠功名。現在社會上，也會出現類似的情況，在 NBA 打球的林書豪便是一個例子，其他如創作的人、創業的人、從事藝術的人、辛苦研發的人，都可能發生這樣的情況呀！你曾經有類似的經驗嗎？

千江有水千江月，萬里無雲萬里天。

【出處】：佛書《四世因果錄》的偈語：「千山同一月，萬戶盡皆春，千江有水千江月，萬里無雲萬里天。」

【注講】：江水雖然有千條，月亮只有一個，但是有江水的地方，就能倒映出月亮，呈現月光的皎潔；仰頭看廣闊的天空，只要沒有雲，便能看見天的寬闊。

第九章　耳熟能詳與絕美的詩詞句

【運用】：無論處於何樣的環境？只要心中寧靜，則寧靜無所不在。

【延伸】：「千江有水千江月」也是一本書的書名，作者蕭麗紅，將愛情故事寫得絕美又具有文學性，相當受人喜歡。

曲終人不見，江上數峰青。

【出處】：唐人錢起〈省試湘靈鼓瑟〉：「善鼓琴和瑟，常聞帝子靈。馮夷徒自舞，楚客不堪聽。苦調淒金石，清音入杳冥。蒼梧來怨慕，白芷動芳馨。流水傳湘浦，悲風過洞庭。曲終人不見，江上數峰青。」

【注講】：這句詩寫湘靈鼓瑟後，看不到湘靈這個人，只看見江面上掩映的青山，還有餘音裊裊，在江面上蕩漾。

【運用】：這兩句詩經常為人拿來紀念逝去的人，感嘆過往人生留下的美好回憶，給予人無限的想像。比如失戀的人：「我獨坐在河畔上的咖啡館，徐徐的微風輕拂，歌曲曼妙輕揚。記得我倆斜背相倚，在此訴說著甜蜜，這不過是上個月的事。同樣的曲子，令人悵然，但你已經不在我的身邊了，『曲終人不見，江上數峰青』，我想念你的背影，只能從記憶中找尋了。」

【延伸】：錢起在唐玄宗天寶年間參加科舉考試，因為這一首詩寫得好，因而中了進士。但這首詩又以最後兩句「曲終人

不見，江上數峰青」寫得最好。《舊唐書》記載錢起在參加省試時，聽到有人在院子吟誦兩句詩：「曲終人不見，江上數峰青」，但錢起出來一看，卻沒看見任何人，因此他將這兩句詩記下來，當錢起參加考試，試題恰好是「湘靈鼓瑟」，因此在結尾運用上這兩句。當時也有人說，這兩句詩不是人寫出來的，而是鬼吟唱出來的。

這個故事顯然是虛構的謠傳，卻可見這兩句詩多麼特別、多麼突出。

宋朝人陸續有人將這兩句詩，運用在自己寫的詩詞裡面，比如秦觀、滕子京的〈臨江仙〉，蘇東坡的〈江城子〉。

百無一用是書生

【出處】：清朝黃景仁的〈雜感〉：「仙佛茫茫兩未成，只知獨夜不平鳴；風蓬飄盡悲歌氣，泥絮沾來薄倖名。十有九人堪白眼，百無一生；莫因詩卷愁成讖，春鳥秋蟲自作聲。」

【注講】：社會上有千百種行業，唯一沒有用處的就是書生。木工為人做桌子、椅子，農夫為人種莊稼，各行各業對社會都有貢獻，只有讀書人，空有一番豪情壯志，卻沒有地方發揮。

【運用】：陳平中文博士畢業已經五年了，在經濟不景氣的社會中找工作，屢屢碰壁，一般公司並不需要中文博士，大學

163

第九章　耳熟能詳與絕美的詩詞句

也很難找到一份教職。陳平不禁感嘆，心中雖有理想，卻力不從心，真是百無一用是書生啊！

【延伸】：當兵的時候，必須在野外紮營，架設通訊設備，搬運器材。吃飯時間到了，軍隊的阿兵哥，到野外拔野薑、洗野菜、洗米煮飯，個個都貢獻自己的能力。只有一位阿兵哥，永遠都捧著一本書閱讀，什麼都不會做，也不願意做，只管讀書與吃飯，眾阿兵哥搖搖頭笑著說，「難怪人家說『百無一用是書生』，是他自命清高，不想被用吧！」

兩情若是久長時，又豈在朝朝暮暮。

【出處】：宋朝秦觀〈鵲橋仙〉：「纖雲弄巧，飛星傳恨，銀漢迢迢暗度。金風玉露一相逢，便勝卻人間無數。柔情似水，佳期如夢，忍顧鵲橋歸路。兩情若是久長時，又豈在朝朝暮暮。」

【注講】：原詩講織女愛上牛郎，受到天帝的處罰，被銀河分隔開，只能在每年農曆七月初七晚上，藉助鵲橋渡過銀河相會。這闋詞講真正的感情，能經得起時間的考驗，不必每天膩在一起。

【運用】：年輕人談戀愛，最喜歡朝夕相處，父母常拿「兩情若是久長時，又豈在朝朝暮暮」告誡他們，因此這兩句詩雖美，但是聽在熱戀情侶的耳中，可能很不是滋味吧！

【延伸】：通常說這句話的人，都是冷眼旁觀別人熱戀的人。或者談戀愛的雙方，某一方拒絕對方太黏膩，常常會說出這兩句詩。雖然愛情需要高貴的靈性，但是熱戀的人，不能常常在一起，那真不像談戀愛呀！因為熱戀的人，都渴望朝朝暮暮呀！

亦狂亦俠亦溫文

【出處】：清朝龔自珍的《己亥雜詩・別黃蓉石比部玉階》：「不是逢人苦譽君，亦狂亦俠亦溫文；照人膽似秦時月，送我情如嶺上雲。」

【注講】：作者龔自珍這首詩寫他對友人的讚美：「不是我見人就故意稱讚你，實在是因為你這個人，又狂放，又任俠，又溫文儒雅。」這可以說是對讀書人最棒的稱讚了，也可能含有作者對自己人格特質的一種期許。

【運用】：班上的沈子傑不僅才氣縱橫，寫字畫畫都擅長，更敢挺身而出，打抱不平，可說是亦狂亦俠亦溫文呀！

【延伸】：曾經寫過《少年噶瑪蘭》與《再見天人菊》等作品的作家李潼，亦曾以本名賴西安創作過〈廟會〉與〈月琴〉等膾炙人口的民歌，在他過世之後，骨灰罈上刻著：「有書有筆有肝膽，亦狂亦俠亦溫文。」

人生何處不相逢

第九章　耳熟能詳與絕美的詩詞句

【出處】：晏殊的〈金柅園〉：「臨川樓上柅園中，十五年前此會同。一曲清歌滿樽酒，人生何處不相逢。」

【注講】：人與人分手後，總是有機會再見面，人生廣闊，何處不會再相逢呢？這句話可以在分別時，用得十分瀟灑。但是在一般社會上使用，也有人用來警告對方，彼此會在不同處境相遇，事情不要做得太絕。也引伸為做事情要留後路的意思。

【運用】：大學畢業後同學各奔東西，小青遠赴美國求學，又到歐洲做生意，一次到巴黎談生意時，在街頭閒逛，竟然遇見大學時的摯友小蘭，兩人多年不見，相遇後驚聲尖叫：「真是人生何處不相逢呀！」

【延伸】：如果你曾經被欺負，或者被瞧不起，但有朝一日你變成了不起的人物，遇見當年欺負你的人，成了你的屬下，你和他也許都會異口同聲的說：「真是人生何處不相逢呀！」

除了晏殊的〈金柅園〉，還有其他人的作品也出現過這個句子。

杜牧〈送人〉：「鴛鴦帳裡暖芙蓉，低泣關山幾萬重；明鑑半邊釵一股，此生何處不相逢？」

歐陽修《歸田錄》：「若見雷州寇司戶，人生何處不相逢。」

吳承恩《西遊記》：「一葉浮萍歸大海，人生何處不相逢。」

侯門一入深如海，從此蕭郎是路人。

【出處】：唐朝崔郊〈贈去婢〉：「公子王孫逐後塵，綠珠垂淚滴羅巾。侯門一入深如海，從此蕭郎是路人。」

【注講】：一進入顯貴的豪門，便像進入深深的大海中，從此我便像是路人甲一樣，再也和你沒有關係了。比喻舊時相識的人，後因地位懸殊而疏遠隔絕。這首詩裡的綠珠，是西晉的美女，後來墜樓自盡了，經常出現在古人的詩裡面。蕭郎則是傳說中春秋時期，英俊飄逸，擅長吹簫的蕭史。

【運用】：從小青梅竹馬一起成長的好友，要嫁入豪門了，我這個當初暗戀她的貧賤之人，從此以後和一個路人一樣，彷彿和她沒有了關係。

【延伸】：這首詩的作者崔郊，傳說和姑母家的一位婢女相戀，兩人私下訂了終身。這位婢女是一位美人，能歌善舞，又通曉音律。但姑母家貧，將這位婢女賣給了一位大官于頔。崔郊心中非常難過，卻又無可奈何，對婢女思念不已。他經常到于頔家附近徘徊，盼望能見婢女一面，但富貴人家深宅大院，根本連碰面都不可能呀！但是崔郊是個癡情的人，不斷在于頔家徘徊等待，竟然看見那名婢女了，兩人站在柳樹下只能四目相對，卻像個陌生人一樣，無法多說些什麼？崔郊於是寫了這首〈贈去婢〉。

第九章　耳熟能詳與絕美的詩詞句

收錄唐朝詩人二千二百餘人，詩四萬八千九百餘首的《全唐詩》，崔郊只有一首詩被選入，就是這一首〈贈去婢〉。

曾經滄海難為水，除卻巫山不是雲。

【出處】：唐朝元稹〈離思〉：「曾經滄海難為水，除卻巫山不是雲。取次花叢懶回顧，半緣修道半緣君。」

【注講】：看過了大海的寬闊，才覺得河川與湖泊之水，不能夠稱為水。見識過巫山的雲，才知道任何地方的雲，都不能稱之為雲。自從我遇見你，擁有了絕美的感情，當你離開之後，我就再也不能和別人談愛情了。

【運用】：失戀的人，留戀著過往的美好，不願意再談戀愛，常常會引用這兩句話。這兩句詩，也被使用在歷經坎坷之後，眼界開闊，心靈深邃，見多識廣，對於平常的事物也就覺得沒什麼了不起了。

【延伸】：這首詩是元稹寫給亡妻的詩，但是據記載元稹卻不是那麼專情的人，在妻子生病的時候，還和別的女子幽會呢！

不是花中偏愛菊，此花開盡更無花。

【出處】：唐朝元稹〈菊花〉：「秋叢繞舍似陶家，遍繞籬邊日漸斜。不是花中偏愛菊，此花開盡更無花。」

【注講】：東晉陶淵明不為五斗米折腰，並且喜歡菊花，曾寫下「採菊東籬下，悠然見南山」。後世的人稱頌陶淵明人品高雅，也喜歡種菊花，詠菊花，比喻自己的人格。元稹的〈菊花〉詩也是如此，這首詩寫自己貪看菊花，不覺時光匆匆消逝，因而解釋自己偏愛菊花的理由，是因為菊花的季節過後，便沒有花再開了，詩中隱含著哲理。

【運用】：這兩句詩很容易被拿來變化、瞎掰，也有一番樂趣，比如挑食的人：「不是飲食偏愛魚，此物食盡更無味。」那其他的變化呢？你來想想看：「不是珠寶偏愛金，……」、「不是老爸偏愛你，……」、「不是老闆偏愛錢，……」。

【延伸】：不僅古人喜歡寫菊花，現代人也喜歡，比如周杰倫演唱、方文山作詞的〈菊花臺〉：「菊花殘，滿地傷，你的笑容已泛黃，花落人斷腸，我心事靜靜躺……。」

江流天地外，山色有無中。

【出處】：唐朝王維〈漢江臨眺〉：「楚塞三湘接，荊門九派通。江流天地外，山色有無中。郡邑浮前浦，波瀾動遠空。襄陽好風日，留醉與山翁。」

【注講】：江水悠悠，流到遠方天地盡頭；遠處青山的影子，飄渺朦朧，看起來若有似無。

【運用】：我總是在心緒煩悶時，走到富春山居圖的複製畫

第九章　耳熟能詳與絕美的詩詞句

前面，靜靜的觀賞，讓心靈沉澱。感受畫中「江流天地外，山色有無中」的景致。

【延伸】：若有機會到山裡，看見河水流出山色的景緻，心中常會浮現這首詩。雖然臺灣的河川較小，也不能稱為「江」，但你若是在山裡看見瀑布，在烏來看見新店溪，在淡水或八里看見淡水河，那種河水悠悠往遠處，流向一片青翠的山色，這首詩應該會浮現在腦海裡了。

世間無限丹青手，一片傷心畫不成。

【出處】：唐朝高蟾〈金陵晚望〉：「曾伴浮雲歸晚翠，猶陪落日泛秋聲；世間無限丹青手，一片傷心畫不成。」

【注講】：就算是最厲害的畫家，也無法將我心裡的傷感畫出來。作者高蟾看著金陵帝王舊都，傷心到了極點，按照一般的說法，便是傷心無法以筆墨形容。

【運用】：這樣的詩句，很適合失意的時候運用，彷彿想到這句詩，便覺得不被理解的傷痛，有了一個小小的出口。

【延伸】：若是將繪畫的丹青手，改為音樂、文字、電影，就可以轉化使用在不同的地方，表達心靈的傷痛無法形容。

海內存知己，天涯若比鄰。

【出處】：唐朝王勃〈送杜少府之任蜀州〉：「城闕輔三秦，

風煙望五津。與君離別意，同是宦遊人。海內存知己，天涯若比鄰。無為在歧路，兒女共沾巾。」

【注講】：朋友之間的情誼深厚，即使遠在天涯海角，也能夠心意相通，感覺像在身邊，不感到孤單。

【運用】：這句詩使用在好友分別，互訴心中的感情，表達彼此情誼的深厚。但也越來越多人，將這句話運用在科技昌明的時代，因為科技進步，將人與人之間的距離縮短了。

【延伸】：本詩作者王勃，是「初唐四傑」之一，據說為人豪放，喜歡鬥雞，27歲溺水受驚而死，這句詩轉化了三國時代曹植的〈贈白馬王彪詩〉：「丈夫志四海，萬里猶比鄰。」

行到水窮處，坐看雲起時。

【出處】：唐朝王維〈終南別業〉：「中歲頗好道，晚家南山陲。興來每獨往，勝事空自知。行到水窮處，坐看雲起時。偶然值林叟，談笑無還期。」

【注講】：在山窮水盡，找不到路的時候，何妨坐下來，欣賞眼前的景色。

【運用】：這兩句話容易說，卻不容易做到。當人汲汲營營於追求某一件事，卻遇到了挫折，有幾個人能坐下來靜靜地欣賞四周的景緻呢？比如學生每天追求校排第一名、追求比賽第一名，是不是沒有感謝班上好朋友的關懷？沒有參與集體的

第九章　耳熟能詳與絕美的詩詞句

郊遊活動也很美麗？比如每天追求金錢的人們,是否忽略了親情？忽略了更多周遭美好的事物？這兩句話也提醒著人們,周遭美麗的景緻是多麼容易被忽略呀！

【延伸】：這兩句詩常讓人想到陸游〈遊山西村〉：「莫笑農家臘酒渾,豐年留客足雞豚。山重水復疑無路,柳暗花明又一村。簫鼓追隨春社近,衣冠簡樸古風存。從今若許閒乘月,拄杖無時夜叩門。」

莫愁前路無知己,天下誰人不識君。

【出處】：唐朝高適〈別董大〉：「千里黃雲白日曛,北風吹雁雪紛紛。莫愁前路無知己,天下誰人不識君。」

【注講】：董大名為董庭蘭,家族排行老大,是唐玄宗時代,著名的琴師。高適和董大分別,要他不要憂愁這一路沒有知心的朋友,因為天下沒有人不賞識他的才華。

【運用】：這首送別詩,寫得豪氣干雲,不寫離愁的別緒,而是滿懷激情鼓勵朋友,除了表達兩人深厚情誼,也對朋友的才華讚美,若是有人要出國深造,或是升官高就,這樣的送行話語,顯得相當豪邁。

【延伸】：「天下誰人不識君」這句話,也常常被拿來拍馬屁使用呢！

柴門聞犬吠,風雪夜歸人。

【出處】：唐朝劉長卿〈逢雪宿芙蓉山人〉：「日暮蒼山遠，天寒白屋貧。柴門聞犬吠，風雪夜歸人。」

【注講】：旅人在雪夜趕路，投宿荒山的景象，像一幅風雪夜歸的旅人圖畫。

【運用】：若是在外漂泊的旅人，在寒冷的夜晚，想要找地方投宿，又聽到狗吠的聲音，應該會對這句詩很有感覺吧！不過現在交通便利，科技發達，人們的生活也多在城市，要遇到山村與風雪的場合，恐怕相當困難吧！

【延伸】：我年紀很小的時候，便讀過這一首詩，雖然從未遇到風雪夜歸、柴門犬吠的情況。但是只要遇到天氣嚴寒，我晚上騎著車或走路回家，又聽見人家的狗吠聲，這兩句詩就會在腦海中浮現，心靈深處有一種說不出的特別，不知道有沒有人和我有同樣的感覺？

東邊日出西邊雨，道是無晴卻有晴。

【出處】：唐朝劉禹錫〈竹枝詞〉：「楊柳青青江水平，聞郎江上唱歌聲。東邊日出西邊雨，道是無晴卻有晴。」

【注講】：「晴」和「情」諧聲，以不知「天晴」或「無晴」，暗示女子不知自己喜歡的男子對自己是「有情」？還是「無情」？

【運用】：天空下起太陽雨的時候，你觀察過下雨的範圍嗎？若是你仔細看，有機會發現半邊天空飄雨，半邊天空出太

第九章　耳熟能詳與絕美的詩詞句

陽的景象。那到底算晴天？還是雨天呢？若是你喜歡的人，一下子對你好，有時候對你冷淡，腦海裡面多半會浮現這首詩吧！

【延伸】：已經過世的歌手鄧麗君，曾經唱過一首歌〈東山飄雨西山晴〉，也許是從這裡轉化出來的吧！若是你站在落雨的一邊，你的朋友剛好站在出太陽的那一邊，你會是什麼樣的心情呢？這首歌我很小便聽過，總是在什麼時候浮現心頭呢？當別人心情好，自己心情不好，別人得意而我失意，卻共處一個環境時，這句詩便會浮現心頭，五味雜陳，百感交集。

山雨欲來風滿樓

【出處】：唐朝許渾〈咸陽城東樓〉：「一上高樓萬里愁，蒹葭楊柳似汀洲。溪雲初起日沉閣，山雨欲來風滿樓。鳥下綠蕪秦苑夕，蟬鳴黃葉漢宮秋。行人莫問當年事，故國東來渭水流。」

【注講】：詩人許渾在秋日傍晚登上咸陽古城樓，烏雲聚攏，太陽西沉，山風灌滿整個城樓，詩人知道山雨即將來臨。

【運用】：這句話常用在比喻重大事件發生、衝突爆發之前的緊張氣氛。如果你到過山上，在颱風或大雨之前，經歷山風狂吹的景象，就能感受到這首詩的意境了。

【延伸】：有一句話叫「風雨前的寧靜」，恰好跟這句詩成

對比,比喻即將發生重大衝突、戰爭之前,那種讓人感覺不尋常的靜謐。

每逢佳節倍思親

【出處】:唐朝王維〈九月九日憶山東兄弟〉:「獨在異鄉為異客,每逢佳節倍思親。遙知兄弟登高處,偏插茱萸少一人。」

【注講】:孤單一人流落外地,做了異鄉旅客的人們,特別渴望和親人見面,每到節日看見別人相聚,更感到孤單。尤其古代交通不方便,想要見面或者通訊都不容易,思念親人的心情更是濃烈了。

【運用】:若是你曾經離家求學,或者到獨自外地旅行,在歡樂熱鬧的氣氛中,看見別人團圓聚首,心理面對這首詩的感受就會特別強烈。

【延伸】:這首詩是王維二十歲以前的作品,道出了遊子的心聲,成為千古傳頌誦的名句。這種感受雖然是孤單的、遺憾的,但是鼓勵青少年走出去,能有這樣的體會,感受豐富的人生。

爆竹一聲除舊歲

【出處】:宋朝王安石〈元日〉:「爆竹聲中一歲除,春風送暖入屠蘇;千門萬戶瞳瞳日,總把新桃換舊符。」

【注講】:爆竹的聲音霹哩啪啦,送走了舊的一年。

第九章　耳熟能詳與絕美的詩詞句

　　【運用】：過年的時候，若是聽到爆竹的聲音，總會想到這一句詩。現代人過年的氣氛比較淡了，不像以前濃厚，但是煙火卻越作越美麗，尤其是元旦跨年的煙火，每個國家都會施放。但是這句詩通常讓人聯想農曆年，很少有人運用在元旦之前的倒數。

　　【延伸】：詩中的「桃符」，是古代一種繪有神像、掛在門上避邪的桃木板，相當於現代的春聯。到了今天，我們家年年都張貼父親自己創作，自己書寫的春聯，我也鼓勵所有的孩子們，自己創作書寫春聯，別管書法好不好看，也不管詞句寫得好不好，因為張貼出來，都相當有趣味。設想一整個小區，家家戶戶都張貼自己創作與書寫的春聯，那該是多麼有趣的事情呀！

　　少年不識愁滋味，為賦新詞強說愁。

　　【出處】：辛棄疾〈醜奴兒〉：「少年不識愁滋味，愛上層樓，愛上層樓。為賦新詞強說愁。而今識盡愁滋味，欲說還休，欲說還休。卻道天涼好個秋。」

　　【注講】：年輕時不懂什麼是憂愁，卻常常寫些詩詞歌賦說自己很憂愁。

　　【運用】：對著他人說這句話，通常都是比較老成的人，彷彿自己是過來人。但是聽這句話的人，可不舒服呢！因為看起

來像是倚老賣老，只有他才懂得憂愁似的。而且憂愁就是憂愁，憂愁的感覺就是那麼真實，為何還要分事情的大小？還決定是否值得憂愁呢？

【延伸】：這闋詞唸起來很有味道，雖然很小的時候便唸過，也常常掛在嘴邊，但是要真正了解詞中的意境，卻要年歲漸長之後，才真正能了解什麼是：「卻道天涼好個秋。」

春風得意馬蹄疾，一日看盡長安花。

【出處】：唐朝孟郊〈登科後〉：「昔日齷齪不足誇，今朝放蕩思無涯。春風得意馬蹄疾，一日看盡長安花。」

【注講】：春天放榜時，長安到處是賞花的人潮，作者孟郊心情愉快的騎著馬，逛遍長安城、賞遍盛開的繁花。金榜題名時，騎著馬兒，迎著春風，何等得意呀！

【運用】：如果你從來都不曾考過第一，卻始終不曾放棄，最後終於考了第一名，或是努力很久之後，終於得到想要的名利，那時候心裡的感覺會是什麼呢？大概就是這首詩想要傳達的吧！

【延伸】：孟郊46歲才中進士，考了那麼多次，終於上榜了，可見心情愉快。我可以感覺這樣的心情，因為我這輩子考試很少有好成績，唯一大學考了四次才進入東海大學中文系，收到榜單那一刻，我也有春風得意的感覺，腳步都變得相當

第九章　耳熟能詳與絕美的詩詞句

輕鬆呢！孟郊寫過很多膾炙人口的詩，母親節常出現的〈遊子吟〉，「慈母手中線，遊子身上衣」便是他的作品，其他還有：「結交非賢良，誰免生愛憎」、「心心復心心，結愛務在深」都是常讓人引用的句子喔！

悲歡離合總無情

【出處】：宋朝蔣捷〈虞美人〉：「少年聽雨歌樓上，紅燭昏羅帳。壯年聽雨客舟中，江闊雲低、斷雁叫西風。而今聽雨僧廬下，鬢已星星也。悲歡離合總無情，一任階前、點滴到天明。」

【注講】：作者寫少年、壯年、老年三個階段的心境，縱使遇到悲歡離合，心中都已經能淡然處之，沒有太多情緒。

【運用】：有人將這句話，使用在離別時刻，覺得悲歡離合真是無情呀！雖然不是原詞的意思，卻是大家最常使用的場合。

【延伸】：我少年時讀過這闋詞，對這闋詞的音韻、意象與感懷有深刻的印象，常常在心頭咀嚼。但是少年時代怎麼會理解這闋詞呢？因為少年喜歡強說愁，覺得自己懂得了人世間一切的憂愁，這闋詞讀來特別有感覺，尤其整闋詞以雨貫串，每當落雨時，我心靈便浮現這闋詞。

紅了櫻桃，綠了芭蕉。

【出處】：宋朝蔣捷〈一剪梅〉：「一片春愁待酒澆。江上舟搖，樓上簾招。秋娘渡與泰娘橋。風又飄飄，雨又蕭蕭。何日歸家洗客袍？銀字笙調，心字香燒。流光容易把人拋。紅了櫻桃，綠了芭蕉。」

【注講】：臺灣沒有櫻桃，卻有很多芭蕉。這兩句是寫歲月流逝，春天即將逝去，夏天就要到了。

【運用】：紅色的櫻桃，綠色的芭蕉，讓這一句詞讀來特別鮮活，但是一般講歲月流逝，卻很少引用。倒是西方人常說：「蕃茄紅了，醫生的臉就綠了。」來說明吃蕃茄的好處。

【延伸】：臺灣雖然沒有出產櫻桃，但是賣場都有販賣櫻桃，大概都是在六七月的時候，便是櫻桃的產季。若是冬天販賣的櫻桃，那就是南半球的智利、紐西蘭運過來的櫻桃，因為那時南半球的國家是夏天。臺灣種了很多芭蕉，很多文人喜歡芭蕉，清朝有一對夫妻蔣坦與關秋芙，因為種芭蕉而留下美麗的詩詞。因為秋雨拍打著芭蕉葉，滴滴答答，讓蔣坦有所感，在芭蕉葉上寫了兩句詞：「是誰多事種芭蕉，早也瀟瀟，晚也瀟瀟。」表達昨夜的愁思。不料隔天，芭蕉葉上又多了兩句：「是君心緒太無聊，種了芭蕉，又怨芭蕉。」原來是妻子也在芭蕉葉上寫了回應呀！

君問歸期未有期，巴山夜雨漲秋池。

第九章　耳熟能詳與絕美的詩詞句

【出處】：唐朝李商隱〈夜雨寄北〉：「君問歸期未有期，巴山夜雨漲秋池；何當共剪西窗燭，卻話巴山夜雨時。」

【注講】：這首絕句相當特別，短短 28 字，出現兩次「巴山夜雨」，卻又不讓人感覺重複難耐，相當特別。

【運用】：小時候常看到信紙上印刷著「剪燭西窗」，只是覺得好美，卻不知道出處，也不知道意思，直到看了這首詩，終於明白了。而真正對這首詩有感覺，便是當兵遇到夜雨，寫信給朋友，不知道自己的歸期，那種夜雨落在外頭，也落在心頭的感覺，更是深刻了。

【延伸】：每到雨夜，我總會想起和雨有關的詩詞，這一首是其中之一。其他還有「簾外雨潺潺，春意闌珊，羅衾不耐五更寒。」、「昨夜雨疏風驟」、「小樓一夜聽春雨」、「池外輕雷池上雨、雨聲滴碎荷聲」、「江雨霏霏江草齊」、「昨夜風兼雨，簾幃颯颯秋聲」，每一句詩帶來的畫面，帶來的感覺都不同。也因此上述詩句的作者，我都特別喜歡他們的詩詞，比如李商隱，更是少年時代最喜愛的詩人之一。

後記

後記

　　古典詩詞該如何教？有各種見解，從坊間的讀經班，到詩詞吟誦，各有巧妙不同，可見時代雖然演變，大家仍然重視經典文學的傳授。

　　這本書想表達的，是如何讓孩子參與古典詩詞？因此這本書是寫給孩子的書，也是寫給教師的書。

　　對我而言，無論古典詩詞再美、再經典、再重要，如果孩子們無法參與，也就無法領略詩詞的美感，教師做得再多，也是事倍功半。

　　我經常在各級學校講座時，提到我在全人中學任教的經驗：

　　有一回掌管圖書館的全人教師向我感嘆：「學校的孩子們都不讀書了！」孩子們真的都不讀書嗎？其實未必。當時孩子們最喜歡的作家是：席絹、痞子蔡與藤井樹。我當時回答老師：「孩子還是有讀書，讀的是網路作家。」

　　圖書館老師嗤之以鼻：「都是一些爛書。」但是這些爛書，這位老師都沒有讀過，那怎麼知道「爛」呢？我無意為流行文化的作家說話，而是孩子盛行的次文化，老師常常未真正理解，便豎起了敵對的大幟，師生雙方便沒有對話的可能，如何引導孩子們進入經典文學？

　　如何讓孩子參與古典詩詞呢？我常常從次文化、遊戲與故

事中逐漸深化詩詞的意境。

　　上述提到的幾位作家，我都閱讀過，並不一定喜歡，卻和孩子有了對話，也有很多發現。比如我從席絹的小說，讀到她提到李之儀的〈卜運算元〉，我便在課堂帶出這闋詞，孩子比較願意進入。

　　比如我改編了網路小說《蜻蜓》的故事，帶入杜甫的〈曲江對酒〉，孩子聽完故事竟有落淚者，對我想傳達的這首詩，便顯得容易進入了。

　　因此我經常建議推廣閱讀的教師，參與孩子們喜歡的書，諸如哈利波特、九把刀、貓戰士、飢餓遊戲，甚至御我、護玄或者漫畫，便能找到進入孩子語言的縫隙，將我們認為的經典閱讀傳導進來。我認為最成功的範例，當屬創作《波西傑克森》的雷克．萊爾頓（Rick Riordan），他將希臘神話成功地匯入奇幻小說，讓孩子們認識希臘諸神的故事。

　　我曾經開設「樂府詩與民謠」的課程，起心動念是孩子們喜愛搖滾歌手伍佰，我因此拿十四行詩的形式與〈挪威的森林〉這首歌連結，意外引動孩子進入村上春樹的世界，並且聆聽披頭四（The Beatles）的同名歌曲〈挪威的森林〉（*Norwegian Wood*）。在當時，全人的孩子因受美學教師程延華影響，聆聽很多搖滾樂與英美民謠，我因此以英美民謠的內容，和樂府詩

後記

　　作一連結，孩子們既能聆聽民謠，也能理解樂府詩的精神。

　　這樣的上課方式，我一直延續到臺灣青少年教育協進會任教，為在家自學的孩子上中文課程。比如我介紹瓊・拜亞（Joan Baez）的諸多歌曲，這位余光中筆下擁有夜鶯般聲音的女伶，她所唱的歌便是樂府詩，比如 *Jackaroe* 裡的水手 Jack 從軍了，女友為了找尋 Jack，便穿上男人的衣服登上船艦甲板，化名為 Jackaroe，從軍找男友去了，最終找到男友而歸，這和中國的樂府詩〈花木蘭〉有相似之處；反戰名曲 *where have all the flowers gone* 迴旋反覆的曲式與歌詞，我拿來與「青青河畔草，綿綿思遠道，遠道不可思……」作比較。不止樂府詩，包括瓊・拜亞在內，很多人都唱過的 *500 Miles*，和李頻的〈渡漢江〉：「近鄉情更怯，不敢問來人。」意境上頗有相似，上課時孩子的感情很能隨著音樂融入古典詩詞。這樣的上課方式，我曾在《移動的學校》介紹過一部分，主要的精神都是運用各種媒材與次文化，讓孩子介入古典的範疇。我前幾年在自學課程上中文課，更進一步請孩子們尋找自己熟悉的歌曲，和我所教授的詩詞互相比較，作為參與的方式，效果更好，因為孩子們選擇的詩詞，已經展延了他們自身的生命經驗與詮釋，連結現代資訊媒介相當方便，不只音樂很好查詢，影片在 YouTube、Google 都可以隨手找到資料，使得教師在連結經典與流行，深化孩子內在感官的工具更多元，有更多的管道與工

具可以運用。

　　這個時代當紅的歌詞創作者方文山,以善用古典詩詞入歌詞著名,因此很多人提到方文山的〈髮如雪〉、〈菊花臺〉、〈東風破〉、〈青花瓷〉……等歌詞,因為方文山直接引用古典詩詞,或者歌詞具有古典詩詞風格,邀請孩子們要重視古典文學。很多教師與文學選集,選用方文山的歌詞為教案,和古典詩詞搭配,甚至讓孩子動手查詢,顯然是連線次文化與古典文化很好的一個方式。

　　事實上我過去也常用流行歌,和孩子們玩查詢古典詩詞的遊戲,比如曾經紅極一時的歌曲〈新鴛鴦蝴蝶夢〉:「昨日像那東流水,離我遠去不可留,今日亂我心,多煩憂。抽刀斷水水更流,舉杯消愁愁更愁,明朝清風四飄流。由來只有新人笑,有誰聽到舊人哭?愛情兩個字,好辛苦。是要問一個明白,還是要裝作糊塗?知多知少難知足。看似個鴛鴦蝴蝶,不應該的年代,可是誰又能擺脫人世間的悲哀?花花世界,鴛鴦蝴蝶,在人間已是癲,何苦要上青天?不如溫柔同眠。」

　　這首歌詞直接或間接引用李白〈宣州謝朓樓餞別校書叔雲〉:「棄我去者,昨日之日不可留;亂我心者,今日之日多煩憂」、「明朝散髮弄扁舟」、「欲上青天攬明月」、「抽刀斷水水更流,舉杯澆愁愁更愁」;杜甫〈佳人〉:「但見新人笑,那聞舊人哭」。

後記

　　在這首歌當紅的年代,人人都會哼上一兩句,若是以此歌詞和李白、杜甫這兩首詩結合,運用遊戲與說故事的方式,學生進入這兩首詩也就特別容易了。

　　舊年代引用古典詩詞最有名的歌詞,當屬得到金曲獎的陳幸蕙〈浮生千山路〉:「小溪春深處,萬千碧柳蔭,不記來時路。心託明月,誰家今夜扁舟子,長溝流月去。煙樹滿晴川,獨立人無語。驀然回首,紅塵猶有未歸人。春遲遲,燕子天涯,草萋萋,少年人老。水悠悠,繁華已過了,人間咫尺千山路。行到水窮處,坐看雲起時。涼淨風恬,人間依舊,細數浮生千萬緒。」

　　這首歌詞,運用了多首古典詩詞,可謂集詩句歌的大成。比如秦觀〈點絳唇〉:「不記來時路。」、張若虛〈春江花月夜〉:「誰家今夜扁舟子。」、陳與義〈臨江仙〉:「長溝流月去無聲。」、韋應物〈登樂遊廟作〉:「萬家煙樹滿晴川。」、崔涯〈秋葵花〉:「獨立悄無語。」、辛棄疾〈青玉案〉:「驀然回首。」、王維〈終南別業〉:「行到水窮處,坐看雲起時。」、晏殊〈木蘭花〉:「細算浮生千萬緒。」

　　還有更多歌詞,也是直接間接運用古典詩詞,比如潘越雲演唱,瓊瑤作詞的〈幾度夕陽紅〉;鄭麗絲演唱,皮羊果作詞的〈何年何月再相逢〉;施孝榮的〈俠客〉、〈赤壁賦〉……等不勝列舉。

除此之外，歌手直接唱詩詞者也不乏其人，比如鄧麗君、王菲、包美聖，還有我在 YouTube 上找到一位美麗女孩哈輝，她唱的詩經、樂府與詩詞，都極有味道，若能在上課之前，和孩子分享聆賞，對於詩詞的進入也有絕佳的效果。

古典詩詞的教學，若能引用音樂、圖像、故事與遊戲，逐漸深化的過程中，孩子的參與感漸深，再匯入詩詞意境的感悟與啟發，連結孩子們的自身經驗，詩詞的美感經驗便更能落實了。

這本書便是以故事為出發，連結孩子感興趣的話題，再以文字遊戲逐漸引導，進而理解一般詩詞的意義與格律，最後附錄一小部分耳熟能詳、優美的詩詞為結，期望達到上述的目標。書中有一部分篇章，是我到各級學校對師生講座，以及在教育部「大專閱讀與寫作計畫」講座時示範的內容。每回講座完畢，總有師生詢問是否已經出書？因而決定讓這本書的誕生。

本書我特別邀李崇樹一起寫作，他和我有同樣的童年經驗，除了貢獻文章之外，也幫我查詢資料，電腦工程師小蓋為有趣的詩詞編排圖案，在此一併感謝。也期望本書能帶給孩子們樂趣，對古典詩詞擁有不一樣的經驗，也期望能拋磚引玉，能看見更多教師樂於分享教導詩詞的法寶。

後記

　　如果你喜歡周杰倫的歌，喜歡方文山的詞，或者喜歡任何一首歌與歌詞，那一定是歌詞或者歌曲讓你有了感覺。我猜古時候的詩詞歌賦，對古人而言，一定也有這樣的特質！

　　為何要讀古典詩詞？我的理由很簡單，只是因為有感覺而已。

　　那感覺是怎麼來的呢？

—— 李崇建

國家圖書館出版品預行編目資料

墨香古韻，經典詩詞的現代詮釋：拜月老求詩籤 × 浪漫情意表達 × 家族排輩順位 × 姓名避諱典故……誰說文學不實用？古典詩詞在生活中的超日常客串！/ 李崇建，李崇樹 著．-- 第一版．-- 臺北市：清文華泉事業有限公司，2024.09
面；　公分
POD 版
ISBN 978-626-7165-34-8(平裝)
831　　　　113013817

電子書購買

爽讀 APP

臉書

墨香古韻，經典詩詞的現代詮釋：拜月老求詩籤 × 浪漫情意表達 × 家族排輩順位 × 姓名避諱典故……誰說文學不實用？古典詩詞在生活中的超日常客串！

作　　　者：李崇建，李崇樹
發 行 人：黃振庭
出 版 者：清文華泉事業有限公司
發 行 者：清文華泉事業有限公司
E - m a i l：sonbookservice@gmail.com
粉 絲 頁：https://www.facebook.com/sonbookss/
網　　　址：https://sonbook.net/
地　　　址：台北市中正區重慶南路一段 61 號 8 樓
8F., No.61, Sec. 1, Chongqing S. Rd., Zhongzheng Dist., Taipei City 100, Taiwan
電　　　話：(02) 2370-3310　　傳　　　真：(02) 2388-1990
印　　　刷：京峯數位服務有限公司
律師顧問：廣華律師事務所 張珮琦律師

-版權聲明-

本書版權為新加坡玲子傳媒所有授權崧博出版事業有限公司獨家發行電子書及紙本書。若有其他相關權利及授權需求請與本公司聯繫。
未經書面許可，不得複製、發行。

定　　　價：299 元
發行日期：2024 年 09 月第一版
◎本書以 POD 印製
Design Assets from Freepik.com